NOS FAUTES INAVOUÉES

DU MÊME AUTEUR

Rage de dents, Actes Sud, 1996.
Via Gemito, Fayard, 2004.
Les Liens, Fayard, 2019 ; Le Livre de Poche, 2021.
La Farce, Fayard, 2021.

Domenico Starnone

Nos fautes inavouées

roman

Traduit de l'italien
par Lise Caillat

Fayard

D'après une couverture de Suzan Beijer
Illustration : © Manon Vrijburg
Maquette française : Hokus Pokus Créations

Ce livre a été traduit grâce à une aide du Ministère Italien des Affaires Étrangères et de la Coopération Internationale.
Questo libro è stato tradotto grazie a un contributo del Ministero degli Affari Esteri e della Cooperazione internazionale italiano.

Cet ouvrage est la traduction intégrale, publiée pour la première fois en France, de l'ouvrage de langue italienne :
Confidenza
édité par Giulio Einaudi editore s.p.a., Torino.

ISBN : 978-2-213-72113-2
Dépôt légal : mars 2023

Premier récit

1.

L'amour, comment dire, on en parle beaucoup, mais je ne crois pas avoir souvent utilisé ce mot, j'ai l'impression, au contraire, de ne m'en être jamais servi, même si j'ai aimé, bien sûr que j'ai aimé, j'ai aimé jusqu'à en perdre la tête et les sentiments. L'amour tel que je l'ai connu, en effet, est une lave de vie brute qui consume la vie raffinée, une éruption qui efface la compréhension et la pitié, la raison et les raisons, la géographie et l'histoire, la santé et la maladie, la richesse et la pauvreté, l'exception et la règle. Il ne reste qu'une fébrilité qui tord et distord, une obsession sans remède : où est-elle, où n'est-elle pas, que pense-t-elle, que fait-elle, qu'a-t-elle dit, quel était le vrai sens de cette phrase, que me cache-t-elle, et a-t-elle été heureuse comme j'ai été heureux, est-elle toujours heureuse maintenant que je suis loin, ou mon absence l'affaiblit-elle au contraire comme la sienne m'affaiblit, en me laissant anéanti, privé de toute l'énergie que génère sa présence, que suis-je sans elle, une horloge figée à l'angle d'une rue animée, ah mais sa voix, ah être à ses côtés, réduire les distances, les abolir, effacer les kilomètres, les mètres, les centimètres, les millimètres, et me fondre, me confondre, cesser d'être moi, d'ailleurs il me semble que je ne l'ai jamais été sinon en elle, dans son plaisir à elle, et cela me rend fier, me réjouit et me déprime, m'attriste et me ranime, m'électrise, combien je l'aime, oui, je ne veux que son bien, toujours, quoi qu'il arrive, même si elle se dérobe, même si elle en aime d'autres, même si elle m'humilie, même si elle me vide de tout, y compris de ma capacité à l'aimer. Que d'absurdités nous passent par la tête, vouloir du bien sans plus réussir à le faire, vouloir du mal en continuant à aimer. C'est ce qui m'est arrivé, alors j'ai évité ce mot le plus possible, je me tiens loin de l'amour séraphique, de l'amour confortable, de l'amour qui carillonne, de l'amour qui purifie, de l'amour pathétique : c'est cette sensation d'étrangeté qui explique que je l'aie si peu utilisé au cours de ma longue vie. En revanche, j'en ai utilisé beaucoup d'autres – fébrilité, fureur, langueur, égarement, nécessité, urgence, désir –, trop je le crains, je puise dans cinq mille ans d'écriture et je pourrais continuer un certain temps. Mais maintenant je dois passer à Teresa, c'est elle qui a toujours refusé de s'inscrire dans cette combinaison de cinq lettres et qui pourtant en a revendiqué, et en revendique encore, des milliers d'autres.

J'étais déjà épris de Teresa alors qu'elle était assise à un bureau côté fenêtres et qu'elle était une de mes meilleures élèves. Mais je m'en rendis compte seulement quand, diplômée depuis un an, elle me téléphona, vint m'attendre devant le lycée, me raconta sa turbulente vie universitaire au cours d'une belle promenade automnale et m'embrassa soudainement. Ce baiser marqua concrètement le début de notre relation qui, dans l'ensemble, dura environ trois ans, entre exigences réciproques – jamais vraiment satisfaites – de possession absolue et tensions qui finissaient en insultes, pleurs et morsures. Je me souviens d'une soirée chez des connaissances, nous étions sept ou huit. J'étais assis à côté d'une jeune fille originaire d'Arles qui était à Rome depuis quelques mois. Elle avait une façon si séduisante d'écorcher l'italien que j'aurais voulu entendre seulement sa voix. Cependant, tout le monde bavardait et Teresa particulièrement, qui disait dans sa générosité habituelle des choses très intelligentes avec une extrême précision. Depuis quelque temps, je dois l'avouer, sa volonté d'être toujours au centre de l'attention en élevant le niveau de la conversation la plus frivole commençait à m'agacer, alors il m'arrivait souvent de l'interrompre avec une pointe d'ironie, mais elle me foudroyait du regard et lâchait : « Excuse-moi, je parle. » Cette soirée-là, je le fis sans doute une fois de trop, l'Arlésienne me plaisait et je voulais lui plaire. Teresa se tourna vers moi furibonde, saisit le couteau à pain et cria : « Essaie encore de me couper la parole et je te coupe la langue et autre chose. » Nous nous affrontâmes en public comme si nous étions seuls, et aujourd'hui je pense que nous l'étions vraiment, tant nous étions absorbés l'un par l'autre, en bien et en mal. Il y avait certes nos connaissances, il y avait la fille qui venait d'Arles, mais c'étaient des figures inessentielles, seule comptait notre incessante attraction-répulsion. C'était comme si nous nous plaisions à outrance juste pour pouvoir confirmer que nous nous détestions. Ou *vice versa*.

Naturellement, les périodes heureuses ne manquaient pas et nous parlions de tout, nous plaisantions, je la chatouillais jusqu'à ce que, pour m'arrêter, elle m'embrasse longuement. Mais cela ne durait pas, nous étions les perturbateurs de notre propre vie commune. Nous semblions convaincus que la violence avec laquelle nous semions continûment le désordre dans notre relation finirait par faire de nous le couple parfait, mais cet objectif, au lieu de se rapprocher, s'éloignait. La fois où je découvris, justement grâce à un commérage de la jeune Arlésienne, que Teresa s'était montrée plus qu'intime avec un illustre universitaire émacié et bossu, aux dents gâtées, aux yeux malades, aux doigts en pattes d'araignée avec lesquels il pianotait devant ses étudiantes en adoration, j'éprouvai une telle répugnance envers elle qu'en rentrant à la maison je l'attrapai par les cheveux sans explications et la traînai dans la salle de bains pour laver moi-même chaque millimètre de son corps au savon de Marseille. Je ne criais pas, je lui parlais avec mon ironie habituelle, je disais : « Je suis large d'esprit, fais ce que tu veux, mais pas avec un type aussi dégoûtant. » Et elle se débattait, me donnait des coups de pied, me giflait, me griffait, criait : « Voilà ce que tu es vraiment, un minable, un minable ! »

Nous nous disputâmes au point de penser que c'était fini, nous ne pouvions pas revenir en arrière après les reproches que nous avions échangés. Cependant, cette fois encore, nous parvînmes à nous réconcilier. Nous restâmes enlacés jusqu'à l'aube, en riant de l'Arlésienne et du pianiste professeur de cytologie. Mais nous étions désormais terrorisés par le fait que nous avions risqué de nous perdre. Et c'est cette peur, je crois, qui nous poussa juste après à chercher un moyen de sceller pour toujours notre dépendance réciproque.

Teresa avança une proposition avec prudence : « Je pourrais te confier un secret tellement horrible que même moi j'ai du mal à l'admettre, et toi, en échange, tu devrais m'en révéler un équivalent, une chose qui, si elle se savait, te ruinerait définitivement. » Elle me sourit comme si elle m'invitait à jouer, mais au fond elle me semblait très tendue. L'inquiétude me gagna aussi tout de suite, j'étais surpris, préoccupé de la savoir, à vingt-trois ans, porteuse d'un secret à ce point indicible. Moi, à près de trente-trois ans, j'en avais un, et c'était une histoire tellement embarrassante que j'en rougissais à la simple pensée, fixant le bout de mes chaussures et attendant que la gêne passe. Nous nous tournâmes un peu autour, en nous chamaillant pour décider qui se confierait le premier.

« Toi d'abord », dit-elle sur le ton ironiquement impérieux qui trahissait toujours le débordement de ses émotions.

« Non, toi, je dois évaluer si ton secret est aussi horrible que le mien.

– Et pourquoi devrais-je avoir confiance et pas toi ?

– Parce que je connais mon secret et il me semble impossible que tu en aies un aussi inavouable. »

Après maints tours et détours, elle céda, contrariée surtout – je crois – par le fait que je ne la considérais pas capable d'actes innommables. Je la laissai parler sans l'interrompre et, à la fin, je ne trouvai pas de mot approprié pour commenter.

« Ben alors ?

– C'est moche.

– Je te l'avais dit, à toi maintenant. Et si tu me racontes une bêtise, je m'en vais et tu ne me verras plus. »

Je me confiai, d'abord sur un mode fragmentaire, puis de manière de plus en plus articulée, je ne voulais pas arrêter de parler, c'est elle qui m'interrompit. Je poussai un long soupir, et dis :

« Maintenant, tu sais de moi ce que personne n'a jamais su.

– Pareil pour toi.

– On ne peut plus se quitter, on est chacun entre les mains de l'autre.

– Oui.

– Tu n'es pas contente ?

– Si.

– C'était ton idée.

– Bien sûr.

– Je t'aime.

– Moi aussi.
– Mais moi, plus.
– Moi, encore plus. »

Quelques jours après, sans dispute, avec une courtoisie qui n'avait jamais eu sa place entre nous, nous convînmes que notre relation était terminée et, d'un commun accord, nous nous quittâmes.

2.

Au début, je me sentis soulagé. Teresa, tout compte fait, était une gamine frondeuse et querelleuse ; chacune de mes phrases générait une objection, chaque faiblesse une remarque sarcastique. En outre, elle ne se disputait pas seulement avec moi, mais avec tout le monde : commerçants, employés de la poste, gendarmes, policiers, voisins, amis proches. À chaque occasion d'affrontement, elle partait d'un petit éclat de rire qui semblait joyeux et qui était en réalité rageur, un bruit de gorge qui rythmait des phrases chargées d'insultes comme une césure. À deux reprises au moins, j'en étais venu aux mains avec des badauds qui avaient oublié qu'ils avaient affaire à une jeune fille. Et puis les jours passèrent, les semaines, une accumulation de mois de vagabondage infructueux, le soulagement s'atténua, et je commençai à sentir le manque. Ou, plutôt, l'espace qu'elle avait dessiné dans le studio où nous avions habité, dans la rue à mes côtés, au cinéma, partout, me parut vide, gris. « Dur, dur », me dit une fois un ami, d'être amoureux d'une femme qui se révèle en tout point plus vive que nous. Mon ami avait raison : bien que je ne sois pas spécialement éteint, il y avait en Teresa un excès d'élan vital ; quand il débordait, aucune barrière ne pouvait le retenir. C'était beau, j'y repensais avec nostalgie et, de temps en temps, je désirais la revoir. Mais, au moment où je commençais à me convaincre qu'il n'y avait pas de mal à lui passer un coup de fil, je rencontrai Nadia.

Avec Nadia, je ne veux pas trop tirer en longueur : elle était réservée, très contenue même quand elle disait bonjour, très gentille, le contraire de Teresa. Je fis sa connaissance au lycée, elle enseignait les mathématiques, cultivait des ambitions universitaires, et c'était son premier poste. Au début, je ne la remarquai pas, elle était très loin du type de femmes qui m'attirait, elle ne semblait pas du tout en phase avec ces temps d'audace politique, littéraire, érotique dans lesquels je m'étais senti immergé avant, pendant et après ma relation avec Teresa. Toutefois, quelque chose en elle – difficile de dire quoi, ce rougissement peut-être qu'elle ne savait pas cacher – me charma de plus en plus, semaine après semaine, et je commençai à lui tourner autour. Je pensais probablement que je pourrais l'aider à se défendre contre cette tendance à rougir en lui apprenant à franchir les limites des différents territoires de sa vie, par la parole et même jusque dans les actes. Je n'avais jamais rien appris à Teresa, qui pourtant, avec ses dix ans de moins que moi, avait été mon élève dans ce lycée où j'enseignais encore. Parfois, cela m'avait inspiré une certaine amertume, elle semblait née instruite, tandis que Nadia était prisonnière d'un cercle de diamètre minuscule au-delà duquel elle ne s'était jamais aventurée.

Je l'abordai avec des politesses, puis j'y glissai un ton badin, enfin je l'invitai à boire un café pendant la récréation. Un café en appelant un autre, cela devint une habitude et je m'aperçus qu'elle y tenait plus que moi. Alors, un jour, j'attendis deux heures, le temps qu'elle termine ses cours, et lui proposai de déjeuner dans une trattoria à quelques mètres du lycée. Elle déclina, elle était prise, je découvris à cette occasion qu'elle était fiancée et qu'elle devait se marier l'automne suivant. Pour ma part, je lui racontai combien j'avais aimé une femme avec laquelle j'aurais voulu passer toute ma vie, mais que les choses avaient mal tourné, que l'histoire était terminée et que j'en souffrais encore. Comme elle s'intéressa beaucoup à ma souffrance, je laissai passer une semaine, je l'invitai à nouveau et, cette fois, elle accepta. Je me souviens que, pendant le repas, elle rit à tout ce que je disais, elle était nerveusement joyeuse. Tandis que nous attendions nos plats, je posai ma main sur la table, à quelques millimètres de la sienne.

« Je peux embrasser ta paume ? lui demandai-je en effleurant son petit doigt avec le mien, là, sur la nappe blanche, à côté de son verre rempli de vin.

– Qu'est-ce que tu dis, pourquoi ? » s'exclama-t-elle en écartant sa main si brusquement que son verre se serait renversé si je ne l'avais pas rattrapé par un réflexe dont la rapidité me surprit. Je répondis :

« Parce que j'ai soudain ce désir.

– Garde ça pour toi, c'est une bêtise, on ne peut pas exprimer tous ses désirs.

– Certaines bêtises sont très belles, à dire et à faire.

– Les bêtises sont et restent des bêtises. »

Une phrase définitive, mais prononcée avec douceur : elle savait être gentille même dans ses reproches. Elle voulut ensuite rentrer chez elle en bus, mais je proposai de la raccompagner avec ma 4L déglinguée. Elle accepta et, dès que nous fûmes assis l'un à côté de l'autre, je cherchai à nouveau sa main avec décision. Cette fois elle ne se déroba pas, sans doute surtout sous l'effet de la surprise, et je fis tourner délicatement son poignet, portai sa paume à mes lèvres, mais au lieu de l'embrasser je la léchai. Je la regardai, je m'attendais à ce qu'elle proteste dégoûtée et, en fin de compte, je trouvai sur son visage un sourire à peine esquissé.

« Je l'ai fait pour jouer, me justifiai-je, soudain gêné.

– Bien sûr.

– Ça t'a plu ?

– Oui.

– Mais tu penses que c'est une bêtise.

– Oui.

– Et alors ?

– Fais-le-moi encore. »

Je léchai à nouveau sa paume, puis j'essayai de l'embrasser, mais elle me repoussa. Elle dit à voix basse qu'elle ne pouvait pas, elle se sentait coupable vis-à-vis de son fiancé, ils formaient un couple heureux depuis six ans. Elle commença donc à me parler abondamment de lui, il avait d'abord été un joueur de basket prometteur, puis il avait préféré les études au sport et c'était à présent un jeune chimiste qui travaillait déjà dans un grand laboratoire avec un très bon salaire. Cette dernière information me déplut, elle semblait souligner par opposition que je n'étais qu'un professeur de lettres du secondaire et que je n'avais pas le droit de lui remplir la tête de bavardages qui risquaient de l'entraîner sur un chemin de perdition. J'insistai pour l'embrasser et, comme elle se détourna encore, je m'exclamai :

« Juste un baiser, ça te coûte quoi ?

– Un baiser est un baiser.

– Je passe juste la pointe de ma langue sur tes incisives.

– Non.

– Alors je t'effleure à peine les lèvres.

– Laisse-moi tranquille.

– Qu'y a-t-il de mal dans un échange affectueux ?

– Il y a que je ne veux pas blesser Carlo. »

Carlo était le brillant chimiste qu'elle aimait depuis des années. Elle dit qu'elle lui avait toujours été fidèle et qu'elle n'avait pas l'intention de bousiller une relation solide pour moi. Je protestai :

« Il suffit d'un baiser pour le blesser ? Il croit être le propriétaire de ta bouche et de ta langue ?

– Ce n'est pas une question de propriété, mais d'humiliation. Si tu avais une fiancée, elle ne se sentirait pas humiliée ?

– Si ma fiancée se sentait humiliée, je la quitterais tout de suite. Où est l'humiliation ? »

Elle réfléchit et murmura :

« Un baiser est le résumé du coït.

– Donc, si on s'embrasse, on baise ?

– Symboliquement, oui.

– Ça me paraît exagéré. Et, de toute façon, un coït symbolique ne fait de mal à personne. Si Carlo est si vulnérable, il suffit de ne pas lui dire.

– Tu me suggères de lui mentir ?

– Le mensonge est le salut de l'humanité.

– Je ne mens jamais.

– Alors tu dois lui dire que j'ai léché ta paume.

– Pourquoi ?

– Parce que la deuxième fois, contrairement à la première, j'y ai mis une intention symbolique. »

Son visage s'enflamma, elle me fixa désorientée et j'en profitai pour l'embrasser légèrement sur la bouche. Comme elle ne se déroba pas, je pris sa lèvre inférieure entre les miennes, je la pinçai quelques secondes, puis la relâchai pour glisser en elle la pointe de ma langue. J'allais m'écarter pour vérifier l'effet de ce bref sondage, quand Nadia enfouit résolument sa langue – vive, lisse et chaude – dans ma bouche. Elle passa ses bras autour de mon cou, nos lèvres se pressaient avec force, nos langues fouillaient et se cherchaient dans chaque recoin de nos cavités buccales. Quand elle se détacha de moi – elle le fit en jetant sa tête en arrière comme pour esquiver un coup –, je découvris un autre visage, ses traits s'étaient adoucis, elle avait un regard de défi et, en même temps, elle semblait s'être soudainement réveillée et s'efforcer de sortir d'une torpeur qui l'avait gagnée. Je tentai de l'attirer à nouveau contre moi, mais elle résista. Je dis : « Encore, s'il te plaît », et elle refusa. Je démarrai et l'accompagnai chez elle.

3.

Ce baiser me procura, à peine dix minutes après, un tel besoin d'elle que j'en fus émerveillé. Nos échanges m'avaient semblé n'être qu'un jeu, or je devins pressant, il ne se passait pas un jour sans que je l'invite à déjeuner, au cinéma, à dîner. Comme elle déclinait toujours poliment, je la coinçai un matin dans un couloir désert, à la fin des cours :

« J'ai envie de toi.

– Moi aussi.

– Alors pourquoi tu fuis ?

– Parce que tu me fais du mal. »

Le mal – m'expliqua-t-elle – venait du fait qu'elle aimait son Carlo, et son désir pour moi altérait son amour pour lui. À la suite de cette explication longue et pleine de balbutiements tourmentés, à laquelle je répliquai que je n'avais pas seulement envie d'elle, mais que je l'aimais désormais, elle accepta de dîner avec moi dans une bonne maison que je connaissais.

C'était l'hiver, il faisait froid, il pleuvait, mais à deux pas du restaurant je tournai dans une ruelle sombre et j'éteignis le moteur. Elle me dit faiblement de redémarrer, je répondis d'accord et j'essayai de l'enlacer. Elle me repoussa, puis rit, puis murmura qu'elle voulait rester juste une minute tranquille, la tête sur mon épaule. Nous nous installâmes de sorte que, tout en étant elle sur son siège et moi sur le mien, ce désir de calme puisse être assouvi. Mais, dès qu'elle posa sa tête, je collai mes lèvres aux siennes et nous nous embrassâmes longuement. Je sentis avec surprise que je l'aimais vraiment et que je voulais l'embrasser sans fin.

Encore peu de temps auparavant, je croyais aimer Teresa, qui était grande et, bien que maigre, généreuse en tout point, épaules, hanches, seins ; qui méprisait les conventions et s'exprimait toujours avec franchise ; qui non seulement ne tolérait pas les torts qu'on pouvait lui faire, mais encore moins ceux qu'on faisait aux autres ; qui considérait le sexe comme une simple explosion de bonne humeur, il y avait des choses plus importantes. Et maintenant j'avais l'impression d'aimer Nadia, qui était au contraire menue, discrète, soucieuse d'éviter les paroles désagréables ; et, concernant le sexe – c'était désormais clair –, m'autoriser simplement à lui prendre la main, à entrelacer mes doigts aux siens, semblait donner lieu à une chaîne de significations complexes capables de réorganiser notre existence. Inutile de me dire : Calme-toi, réfléchis, tu ne peux pas passer d'un modèle féminin à son opposé. Le fait que Nadia soit très éloignée de Teresa me touchait inexplicablement, je me figurais une enfant, une petite Nadia vivant dans la crainte permanente de la punition potentielle. Ainsi, je savourai ces baisers comme cela ne m'était jamais arrivé et, pour que le contact entre nos bouches ne soit pas interrompu, je refrénai toute tentative d'aventurer mes mains au-delà de la protection de son épaisse doudoune. Au bout d'un moment, elle souffla entre mes lèvres : « Allons dîner », et je répondis d'une voix enrouée par l'émotion : « Allons-y. »

Nous nous dirigeâmes vers la trattoria située au sommet d'une rue étroite. Il faisait de plus en plus froid, je pris son bras devant l'entrée éclairée avec faste. Je dis en évitant tout accent ironique, je n'avais plus envie d'ironie :

« Je me sens très agité.

– Tu es nerveux ?

– Non, je suis heureux, mais le désir m'a chamboulé. Tu n'es pas agitée, toi ?

– Dans quel sens ?

– Troublée, tu sais ce que je veux dire.

– Je peux ne pas répondre ?

– Dis-le-moi à l'oreille.

– Je ne te dirai rien.

– S'il te plaît. »

Je me penchai, j'approchai mon oreille de sa bouche. Nadia y glissa la langue et je m'écartai vivement en m'essuyant avec mon index. Elle lâcha, les yeux brillants :

« Content ? »

Nous retournâmes nous enfermer dans la voiture, nous oubliâmes le restaurant. Le lendemain, dès que nous nous croisâmes au lycée, elle m'annonça qu'elle avait tout raconté à son fiancé, lui mentir avait été impossible.

« Tout quoi ?

– Tout. »

Je lui demandai si elle voulait m'épouser.

4.

Une semaine avant le mariage, je revis Teresa. Je sortais tout juste du lycée et marchais vers ma voiture en bavardant avec trois de mes élèves, quand elle apparut sur sa Vespa de l'autre côté de la rue et ralentit en criant : « Pietro, salaud, tu es encore vivant ! » Sur le coup, peut-être parce qu'elle était tout emmitouflée, je me retournai pour comprendre si la femme qui avait crié : « Pietro, salaud, tu es encore vivant ! », en avait après moi ou quelqu'un d'autre. Elle dut s'en apercevoir car, lorsque je saluai mes élèves, traversai la rue et la rejoignis, elle ajouta avec son ironie naturelle, en feignant de se lamenter : « Après avoir juré dix mille fois que tu m'aimerais toujours, tu m'as déjà oubliée. » Je me justifiai en invoquant la capuche, l'écharpe, la parka, et entre deux bavardages convenus j'essayai de me défiler. Mais Teresa déclara qu'elle connaissait une nouvelle rôtisserie où l'on faisait d'excellents *arancini* et, avec son autorité habituelle, elle s'exclama : « Monte, on en a pour cinq minutes, on mange un morceau et je te ramène à ta voiture. »

Lui obéir fut une erreur. En quelques secondes resurgit la vieille complicité des corps, je reconnus l'odeur de ses cheveux qui s'échappaient en mèches de sa capuche, je réécoutai sa voix qui disait, emportée aussitôt par le vent : « Ne me tiens pas par les hanches, idiot, on va tomber. » J'avais toujours aimé monter sur sa Vespa. Au début de notre relation, elle voulait m'accompagner partout et c'était bon de la sentir entre mes jambes. Parfois, quand nous n'étions pas fâchés, je l'embrassais dans le cou, je posais ma tête sur son dos, et elle me récompensait en s'installant mieux sur la selle, pour se blottir le plus possible contre moi. En somme, j'étais ému de la revoir. Je sentis que la fin de l'amour, miraculeusement, n'était pas la fin de l'amitié, du moins de l'amitié qui se nourrit d'une intimité physique passée et qui permet de temps en temps, sans embarras, une proximité inébranlable. Je lui parlai d'un bref essai sur l'état de l'école en Italie, une petite chose que j'avais écrite comme ça, pour m'occuper l'esprit après notre séparation, et je mis tant de temps à le résumer qu'elle s'exclama amusée : « Heureusement que c'est une petite chose brève ! » J'enchaînai sans transition avec le décès brutal de ma mère, survenu deux mois plus tôt, en quelques phrases sèches pour le coup ; et je la laissai alors se répandre en sincères paroles de consolation. Je lui annonçai enfin que j'allais me marier et lui parlai librement de Nadia.

Elle aussi semblait à l'aise. Elle m'annonça qu'elle s'apprêtait à partir aux États-Unis, elle avait obtenu une bourse d'études d'une université du

Wisconsin. Elle évoqua avec sarcasme un fiancé, étudiant en médecine vétérinaire, qui lui avait dit : « C'est moi ou les États-Unis », et elle lui avait répondu sans hésitation : « Les États-Unis. » Elle se réjouit de mon mariage : « Tu es né sous une bonne étoile, tu as enfin trouvé une idiote qui n'a pas remarqué combien tu es dangereux. » Cette dernière phrase me contraria un peu, mais je ne le montrai pas, j'acquiesçai au contraire en riant et marmonnai : « J'ai appris à mieux cacher mon jeu. » Elle s'aperçut cependant que ses paroles, même dites sur le ton de la plaisanterie, pouvaient déplaire et elle tenta – chose nouvelle – de se rattraper :

« Mais tu as aussi plein de qualités, et si tu les laissais s'exprimer, l'heureuse élue pourrait bien être cette Nadia. »

Nous poursuivîmes encore un peu sur ce mode, puis elle me raccompagna à ma voiture. Il y avait beaucoup de circulation et, quand elle se faufilait entre les véhicules, craignant pour mes rotules, je serrais mes jambes contre ses cuisses et j'étais rassuré. Je posai ma joue sur son dos, je repensai à ma mère le soir avant sa mort et m'endormis quelques secondes.

« J'ai passé un bon moment, lui dis-je en arrivant à ma voiture, prêt à partir.

– Moi aussi.

– Amuse-toi bien en Amérique.

– Et toi, sois gentil avec Nadia. Ne la martyrise pas comme tu as fait avec moi.

– Qu'est-ce que tu racontes, je t'ai beaucoup aimée.

– Tu aurais pu faire mieux.

– J'aurais aussi pu faire pire.

– Sans aucun doute. D'ailleurs, rappelle-toi que si tu dérapes avec cette pauvre fille, je sais des choses qui peuvent te ruiner. »

Elle lâcha ces mots d'un ton joyeux, en un instant, un long instant qui me fit l'impression d'une aiguille insérée dans mon estomac et tout de suite retirée. Je répliquai sur le même ton :

« Moi aussi, j'en connais de bonnes sur ton compte. Alors attention, tu as intérêt à filer droit. »

Nous allions nous embrasser sur les joues, mais au dernier moment nous optâmes pour un baiser léger sur les lèvres. Je répétai en riant :

« Attention. »

5.

Cette rencontre sema un peu de confusion dans mes derniers jours de vieux garçon. Si dans un premier temps je ne m'étais pas rendu compte qu'une saison de ma vie prenait fin, je me surpris soudain à penser non sans un certain malaise que, en tant que fiancé et futur époux, le simple fait de me remémorer les moments passionnés vécus avec celle qui m'avait aimé en me faisant souffrir était une offense envers celle qui m'aimait à présent en me rendant heureux. Il serait exagéré, cependant, de dire que je me sentis coupable d'avoir l'impression de désirer encore Teresa. En réalité, tout ce qui arriva fut qu'en pensant à elle me revint à l'esprit une obsession enfantine qui n'avait rien d'érotique.

Vers sept ou huit ans, j'avais souvent été tenté de sauter par la fenêtre. Nous habitions au troisième étage, à l'époque, entourés par la campagne, les arbres fruitiers, l'herbe, les oiseaux, les chiens, les chats, les poulaillers. Je m'enfermais dans les toilettes, je me penchais sur le rebord étroit – parfois, selon ma détermination, je m'y asseyais carrément en laissant pendre mes jambes – et je regardais au-dessus de moi le ciel bleu, ou gris, ou traversé de nuages blancs étirés par le vent, en bas la bande d'asphalte, le sentier escarpé qui menait aux champs. J'étais probablement un enfant malheureux, sûrement même, mais sans avoir jamais voulu mourir en toute conscience. D'ailleurs, j'étais persuadé qu'en sautant je ne me serais fait aucun mal, pas le moindre os brisé, et que ce saut m'aurait au contraire procuré un immense plaisir. Cependant, bien qu'ayant été mille fois sur le point de m'élancer, je ne le fis jamais. Mon blocage venait, je crois, d'une contradiction : la certitude absolue de mon invulnérabilité côtoyait, dans ma tête, la certitude tout aussi absolue que, si la porte des toilettes s'était ouverte brutalement et que par jeu quelqu'un m'avait poussé alors que j'étais assis sur le rebord de la fenêtre, le geste aurait perdu son charme, je me serais écrasé au sol et serais mort. Je ne parvins pas à sortir de cette contradiction et l'hypothèse du saut prodigieux s'étiola. J'y renonçai comme longtemps avant j'avais renoncé aux belles cabrioles que je réalisais autour d'une barre de fer dans la cour : un camarade m'avait flanqué par surprise un coup sur la nuque, me faisant lâcher prise et taper le front par terre.

Ce souvenir d'enfance se lia, sans raison, à celui adulte de Teresa, et le rapprochement s'était sans doute déjà opéré tandis qu'elle s'éloignait sur sa Vespa et que je la regardais en cherchant dans ma poche les clés de ma 4L. Au fil des heures l'image de Teresa s'estompa, mais pas celle de la fenêtre, de la campagne, du vide, qui me poursuivit pendant des jours comme le refrain d'une chanson. Puis, juste à la veille du mariage, de but en blanc et toujours de manière absurde, semblant venir du cœur de ce souvenir d'enfance, affleura soudain cette pensée : Et si Teresa, sur un de ses coups de tête habituels, pour le simple plaisir de me clouer à mes responsabilités, allait trouver Nadia et lui racontait mon secret ?

Dès lors, je commençai à me sentir mal. Je passai une journée entière dans l'angoisse, et cette journée fut suivie d'une nuit blanche. Le matin, pour m'apaiser, je décidai de téléphoner à mon ex-compagne et de lui rappeler avec le plus grand sérieux que nous avions un pacte : ne jamais raconter à personne ce que nous nous étions confié. Je recourus au numéro que j'avais, mais je découvris qu'il n'était plus attribué. Ce fut une chance, ce contretemps me ramena à la raison. Je compris que si j'avais parlé à Teresa, elle aurait tout fait pour aggraver mon angoisse ; et si par dépit j'avais menacé de révéler son secret, elle s'en serait donné à cœur joie en répliquant : « Jusque-là je n'ai eu aucune intention de t'humilier, mais, après ce que tu as dit, je le ferai certainement. » Je laissai tomber, donc, et allai me marier. Nadia avait voulu une cérémonie à l'église et moi j'aurais préféré un mariage civil, mais je l'aimais, comme on dit, et j'étais prêt à faire n'importe quoi pour elle. Durant la messe, je craignis, mi-léger, mi-sérieux, que Teresa ne surgisse au moment opportun en criant : « Halte-là, je m'oppose à cette union, je suis en connaissance de faits que j'estime devoir rendre publics. » Naturellement, cela n'arriva pas. Nadia et moi devînmes sans problème, dans une atmosphère joyeuse, mari et femme.

6.

Sous de nombreux aspects, nos premières années de mariage furent heureuses. Nous travaillions dans le même lycée en périphérie de Rome, et louions pour une somme dérisoire un bel appartement dans une villa du quartier de Montesacro qui appartenait à des parents abruzzais de Nadia, laquelle était originaire de Pratola Peligna comme toute sa vaste famille. Nous l'aménageâmes avec soin, mais dire « nous » est une forfanterie : ma femme s'en chargea surtout, je me limitai à ranger des livres, quelques photos et des dossiers pleins à craquer dans la petite pièce glacée que j'élus comme bureau.

C'était un appartement qui respirait la gaieté, le matin les pièces se gorgeaient de lumière, nous

nous y sentîmes tout de suite bien. Il se trouvait au cœur d'un jardin qui exhalait des senteurs enivrantes. À l'odeur de terre humide se mêlaient des notes de fraise, de champignon ou de résine. Depuis les balcons, on voyait d'autres jardins et un bâtiment des années cinquante qui, par mauvais temps comme sous le ciel limpide, ressemblait à la silhouette d'une grosse bête tranquille. Certains jours, le ciel bleu reposait sur une brume légère qui effaçait les mélèzes et tout semblait miraculeusement figé, comme si, à quelques mètres, le trafic intense des autos filant vers le périphérique n'existait pas.

Nadia avait étudié à l'université de Naples, où elle avait vécu jusqu'à l'obtention de son diplôme. Elle parlait de la ville avec sympathie, mais ne l'aimait pas. Elle aimait en revanche chaque pierre et chaque feuille de la Valle Peligna et, quand elle vantait la qualité de l'air – l'air de son enfance –, elle semblait faire l'éloge de sa mère, joyeuse maîtresse d'école qui parlait aux adultes comme elle avait toujours parlé aux enfants. Nous avions d'ailleurs atterri dans cet appartement de Montesacro non seulement parce que le loyer était bas, mais surtout parce qu'il s'agissait du patrimoine familial, et que Nadia se sentait ici en sécurité, il y avait beaucoup de verdure, la ville oppressante revêtait une légèreté apaisante.

Personnellement – il me faut l'admettre –, je m'adaptai très lentement à l'idylle matrimoniale, les idylles ne m'avaient jamais particulièrement enthousiasmé. Quand j'étais célibataire, durant les vacances de Pâques, de Noël, même juste les week-ends et les jours où je n'avais pas cours, j'étais pressé d'aller à Naples, ma ville natale, dans le quartier du Vasto où m'attendaient parents, amis, souvenirs d'enfance et d'adolescence. Mais je restais aussi volontiers à Rome, à San Lorenzo, où se trouvait le studio que j'avais occupé avec Teresa, décor de scènes de travail, de passions politiques, de débats sur l'état de la planète, de beuveries et de parties de poker, d'amours heureuses ou houleuses. Non que Montesacro ne m'ait pas plu, je m'y sentais bien, mais avec Nadia nous profitions différemment de notre temps libre. Elle aimait étudier à la maison ou se promener dans les rues silencieuses du quartier, entre les grandes villas romaines, la Villa Torlonia, la Villa Borghese, la Villa Ada ; ou, plus encore, prendre sa voiture pour rejoindre les monts abruzzais qu'elle connaissait parfaitement, passer le dimanche en famille à Pratola, avec son père surtout, un homme taciturne, un scientifique, proviseur de lycée depuis des années. Autrement dit : au début, je regrettai ma vie de célibataire ; mais, puisque tout ce que ma femme trouvait bien, je le trouvais bien aussi, je finis vite par apprécier également sa manière de passer le temps.

Évidemment, Nadia avait tout de suite décelé mon malaise intérieur et, quand elle m'entendait parler au téléphone avec ceux que je fréquentais quelques années plus tôt, elle m'exhortait : « Allez, ce sont des gens auxquels tu tiens, je serais contente que tu passes une soirée avec eux, invite-les, j'ai envie de les connaître, on a de la place, faisons une fête. »

Mais je répondais : « Non, non, je préfère rester avec toi. » Et c'était vrai, j'aimais mêler mon temps au sien, parler de tout et de rien, l'écouter quand elle tentait de m'expliquer sur quoi elle avait travaillé pour sa thèse et sur quoi elle travaillait encore grâce aux encouragements d'un vieux professeur qui l'appréciait beaucoup. Seulement, je ne comprenais pas grand-chose aux surfaces algébriques, je le lui répétais – je suis un lettreux irrémédiablement enchaîné à *rosa, rosae, rosae, rosam* – et je lui avouais que j'avais honte : « J'aimerais tant, Nadia, avoir une tête faite à la fois pour les belles-lettres et les grandes lois scientifiques comme Galilée. Hélas, ce n'est pas le cas. » Je lui promettais toutefois que je m'appliquerais le plus possible à comprendre son sujet d'études, parce que – lui susurrais-je en l'enlaçant – je veux savoir tout de toi, absolument tout, et je l'embrassais avec ardeur, en faisant claquer mes lèvres sur chaque centimètre de sa peau pour la voir se tortiller et rire. Elle se tordait, en effet, et ruait au point que je la serrais et la menaçais, laisse-moi voir ce qu'il y a par ici, ne ris pas, si tu t'agites comme ça, au lieu de te faire du bien je vais finir par te faire mal, et d'une voix d'ogre rocailleuse je l'appelais Nigritella, Nigritella Rubra, comme la fameuse orchidée de la Valle Peligna, c'était le surnom de la passion qui ne pouvait pas s'arrêter et du sexe qui à peine consommé voulait déjà recommencer.

Entre-temps, l'essai très court que j'avais écrit quelques mois plus tôt fut publié dans une revue quadrimestrielle consacrée à l'enseignement. Je n'avais jamais eu d'ambitions particulières, je me contentais de mon travail de professeur et d'une vie remplie de lectures, d'attention aux autres, d'amour. Mais j'avais comblé le vide laissé par Teresa en griffonnant ces quelques pages et, après les avoir gardées un peu sous le coude, je les avais fait lire à un ami qui savait tout sur le sujet. Je n'avais plus vu ni entendu cet ami pendant des mois quand, un matin, une collègue très engagée, que j'avais rencontrée à l'époque où j'avais suivi diligemment des cours à l'eau de rose pour me former à la pédagogie, m'avait téléphoné au lycée :

« Qu'est-ce que tu complotes encore ?

– Je ne sais pas, explique-moi.

– Tu as écrit que notre enseignement ne sert qu'à ceux qui n'en ont pas besoin.

– Moi ? Mais non.

– Menteur, j'ai tes mots sous les yeux, noir sur blanc. Et je ne suis pas la seule à être en colère, nous le sommes tous. Nous allons rédiger une lettre pour dire qu'une revue sérieuse n'aurait jamais dû publier un texte aussi superficiel.

– Tu as mal compris, je parlais en général, je ne faisais pas allusion aux professeurs comme toi. »

La vie publique de mon essai commença avec cet appel douloureux, au point que je n'achetai pas la revue et évitai d'en parler à Nadia, pour oublier rapidement et le texte et l'échange téléphonique. En revanche, j'achetai le numéro suivant, car mon ami se manifesta et m'annonça, en refusant joyeusement d'être plus explicite, que j'aurais une bonne surprise.

La rédaction – découvris-je – avait publié la lettre ouverte, qui n'était finalement pas si féroce, le ton était même conciliant et les arguments pertinents ; mais – et c'était la surprise – la lettre était intégrée dans un article beaucoup plus long, signé par un pédagogue alors renommé, le professeur Stefano Itrò, qui faisait clairement l'éloge de mon petit essai, peut-être de manière exagérée.

Quand je lus ces deux articles à Nadia, dans la cuisine, tandis que dehors – je m'en souviens – s'était abattu un froid sibérien et que le vent fouettait les murs de la villa dans une clameur alarmante, elle me demanda :

« Pourquoi tu ne m'en as jamais parlé ?

– De quoi ?

– De ton essai.

– Quand je l'ai écrit, on n'était pas encore ensemble.

– Mais tu ne l'as pas fait non plus depuis qu'on est mariés.

– Ça ne me semblait pas important. Toi, tu travailles sur des choses très sérieuses ; moi, j'ai couché trois bêtises sur le papier.

– Tu lui avais fait lire, à elle ?

– Qui, elle ?

– Celle avec qui tu étais avant.

– Teresa ? Non, on avait déjà rompu.

– Moi, je te fais part de toutes mes aspirations, et toi, tu ne me racontes rien.

– Je cours chercher mon texte et je te lis tout à haute voix. Tu verras que ça ne vaut pas la peine. »

La réponse, contrairement à notre délicatesse habituelle, fut dure :

« Si ça ne vaut pas la peine, ne me fais pas perdre de temps. »

Au bout de quelques jours, je compris pourquoi elle était aussi tendue. Ce matin-là, elle était allée déposer son urine au laboratoire pour savoir si elle était enceinte. Elle l'avait fait sans me prévenir, les femmes comme Nadia glissaient alors avec un léger embarras sur certaines manifestations de leur corps (pas Teresa, qui au moindre grippage dans le mécanisme de ses menstruations me disait : « Tu es sûr que tu ne m'as pas joué un mauvais tour ? »). Un après-midi, je rentrai d'une réunion scolaire ennuyeuse et la trouvai toute joyeuse. Elle était bien enceinte, et le fait que je ne lui aie pas parlé de mon essai ne lui importait plus.

7.

Les neuf mois de grossesse défilèrent à toute vitesse. Ma femme supporta les nausées, vomit avec discrétion, et avec discrétion, les dents serrées, affronta le travail et l'accouchement. Elle se remit sur pied en quelques jours, feignant, même pour elle, que non seulement elle n'avait pas souffert, mais que le post-partum n'existait pas. J'accueillis ainsi ma fille dans mes bras, Emma – une petite idole ciselée et violacée –, comme si elle avait été non pas expulsée par Nadia, obéissant à son organisme, mais réellement déposée en douceur par une cigogne.

Je me sentis très fier. Je n'avais pas quarante ans, mon métier me plaisait, j'étais marié, j'aimais profondément ma femme et je tenais entre mes bras la reproduction parfaite d'un corps féminin vivant à la réalisation duquel j'avais contribué à ma mesure. De plus, grâce à mon essai, voilà qu'on me sollicitait depuis quelques mois pour parler de pédagogie. Et ce n'est pas tout. Précisément le jour des six mois d'Emma, une prestigieuse maison d'édition me téléphona. Une voix de femme décidée, probablement une secrétaire diligente qui ne voulait pas perdre de temps :

« Tilde Pacini à l'appareil, puis-je vous passer Monsieur Itrò ? »

Une bouffée de stupeur envahit ma poitrine, avec la sensation qu'en allumant le gaz sous la cafetière de bon matin c'était mon pyjama qui prenait feu. Monsieur Itrò était le pédagogue qui avait chanté les louanges de mon essai et, en entendant son nom, je ne parvins pas à me contrôler : j'émis un son guttural, une sorte de *ouah* enthousiaste et sauvage. Tilde demanda :

« Pardon, je n'ai pas compris, vous êtes occupé ?

– Non, non, passez-le-moi, merci. »

Après quelques questions sur ce que j'enseignais, où je l'enseignais et depuis combien de temps, Stefano Itrò me proposa d'étoffer mon essai pour le publier dans une collection qu'il dirigeait.

« Cent pages.

– Impossible, c'est trop, je n'arriverai jamais à écrire cent pages.

– Vous verrez, vous allez en écrire trois cents et il faudra couper.

– Je peux réfléchir ?

– Autant que vous voulez. »

Cette fois, j'en parlai tout de suite à Nadia, qui se montra d'abord contente – elle lança deux *super*, avec des yeux fatigués –, puis, au bout de quelques minutes, inquiète.

« Comment on va faire ?

– Dans quel sens ?

– Comment on fait avec Emma ? Je ne peux pas faire venir sans cesse ma mère ou ma sœur.

– Je travaillerai le soir, quand elle dormira.

– Tu sortiras plus souvent ?

– Je ne crois pas.

– Parce que je vais devoir aller à Naples, pour éviter les problèmes avec l'université.

– Bien sûr. »

Je rappelai Tilde Pacini, je lui dis que j'acceptais et, deux semaines plus tard, je reçus mon contrat. Personnellement, je l'aurais signé et renvoyé tout de suite, mais Nadia tint à l'étudier avec soin. Elle le lut, le relut, cherchant à l'évidence, dans chaque clause, l'indice d'une menace pour notre couple et par conséquent pour notre fille, mais elle trouva simplement que l'avance – objectivement une misère – était trop basse. Je la remerciai pour son zèle, l'embrassai et lui expliquai que pour moi écrire ce livre était surtout un passe-temps, un exercice de style. Alors elle me laissa enfin signer, telle une Pénélope qui recommande en vain à son Ulysse, au cas où il croiserait les Sirènes, de mettre de la cire dans ses oreilles et de ne penser qu'au futur de Télémaque.

J'écrivis le livre très rapidement, pas plus de quatre-vingts pages. Ce fut difficile de concilier les besoins impératifs d'Emma, Nadia qui devait aller à Naples pour voir son professeur et moi qui devais courir à la bibliothèque pour faire des recherches. Mais ma belle-mère nous aida beaucoup, Nadia se sacrifia un peu plus qu'en temps normal et je remis mon manuscrit dans le délai imparti.

Je le déposai en personne chez l'éditeur et, à cette occasion, je rencontrai Tilde. Une femme d'une quarantaine d'années avec un beau visage intelligent, aux traits fins, de petits yeux en amande sous des cheveux blonds et courts, un cou long comme une tige qui s'échappait d'une robe de barège bleue. Je vis également Monsieur Itrò, pas encore soixante ans, de petite taille, très maigre, le regard vigilant comme s'il redoutait des pièges au détour de chaque couloir qu'il parcourait, derrière chaque porte qu'il ouvrait. Je déjeunai avec eux dans un bon restaurant près du Panthéon et ils me témoignèrent leur sympathie. En l'espace d'une semaine, la sympathie devint enthousiasme, Tilde m'annonça joyeusement au téléphone : « Les nouvelles sont bonnes, je ne vous en dis pas plus ; nous vous attendons demain à seize heures dans nos bureaux. »

J'arrivai avec presque une heure d'avance, que je passai à tournailler autour du bâtiment dans un état de douce agitation. En m'accueillant, Monsieur Itrò dit avec solennité que le livre dépassait largement ses attentes, que j'avais fait un excellent travail. Tilde, qui – je le découvris alors – n'était pas une secrétaire mais une éditrice, eut un ton plus modéré :

« Vous êtes profondément honnête. À la fois naïf et honnête, un mélange précieux qui fait de vous un homme libre.

– Merci.

– Nous avons un peu de travail, pas grand-chose, le livre est là.

– Très bien, je suis à votre disposition. »

Nous travaillâmes pendant environ deux mois. J'allai à la maison d'édition deux fois par semaine, mettant une belle pagaille dans l'emploi du temps élaboré par Nadia. Mais ce fut une pagaille nécessaire. Tilde vérifia chacune de mes affirmations, chaque citation, y compris les rares chiffres que j'avançais çà et là ; elle décela un bon nombre d'incohérences dans mon argumentation, quelques erreurs bibliographiques et même une aberration orthographique. Nous devînmes plus familiers, elle était brillante et pleine d'esprit. Nous nous découvrîmes plusieurs amis communs, tous entre trente et quarante ans, tous engagés pour un monde meilleur et, par conséquent, un meilleur enseignement. J'avais également eu affaire à son mari, par le passé. Il s'en souvenait, moi non, mais je dis oui quand même.

« Tu fais souvent ce bruit-là ? me demanda-t-elle un jour tandis que, désormais amis, nous nous accordions une pause et sirotions un café dans un couloir lugubre de la maison d'édition.

– Lequel ? »

Elle émit un son étrange, et la dame mesurée et réservée qu'elle était se transforma brusquement, durant quelques secondes, en une gracieuse fillette jouant à faire des grimaces.

« Ou-ah.

– Non, c'était la première fois.

– Refais-le, s'il te plaît.

– Ouah. »

Elle me donna une pichenette.

« Oui, tu es vraiment une âme pure. »

À cet instant arriva le professeur, qui s'immisça dans la conversation et, sans lien précis, me demanda de sa petite voix pointue de grand monsieur cultivé :

« Vous êtes marié ?

– Oui.

– Et que fait votre femme ?

– Nous enseignons dans le même lycée, c'est là que nous nous sommes rencontrés. Mais elle travaille parallèlement à la faculté de mathématiques de Naples, elle est très douée.

– Bien, nous lui ferons écrire un petit livre aussi.

– Oui, dit Tilde, sur l'enseignement des matières scientifiques, le jumeau du tien.

– Nous avons une petite fille de moins d'un an qui occupe tout notre temps.

– Nous lui passerons commande également », plaisanta le professeur.

8.

Dans mon souvenir, je ne me suis jamais aimé, ni petit, ni grand. Cet après-midi-là, en revanche, je commençai à penser, dans le bus pour rentrer à Montesacro, que la conjonction de diverses circonstances – la rupture avec Teresa, le temps douloureux d'un amour consumé durant lequel j'avais écrit un court essai à succès, le mariage avec Nadia, la naissance d'Emma, et maintenant ce livre, l'accueil chaleureux d'une personne très respectée comme le professeur Itrò, d'une femme compétente comme Tilde – me changeait en mieux. Une chose, cependant, me déplut dans cette liste. Alors que le bus traversait la pénombre de la via Nomentana sous une pluie battante qui dénudait les enfilades de platanes noircis par la pollution, je me rendis compte que j'incluais parmi les événements positifs de ma vie récente ma rupture avec Teresa. Sur le moment, cela me sembla cruel. Le pire de notre amour était désormais un tapis de cendres qui, vu de loin, présentait un dessin léger, somme toute tolérable. Le temps que nous avions passé ensemble à profiter l'un de l'autre se révélait, maintenant que nous avions bel et bien cessé de nous tourmenter, d'une plénitude et d'une intensité merveilleuses. Tandis que je remontais à pied vers la maison en luttant avec mon parapluie, que le vent et ses brusques rafales transformaient tantôt en coupole, tantôt en coupelle – qu'il est facile de changer d'un mot la forme des choses –, je pensai : Qui sait où elle est, ce qu'elle fait, je dois la retrouver, lui écrire, lui annoncer la bonne nouvelle du livre, ce tournant de ma vie.

Mais, en entrant dans l'appartement, Teresa me sortit de la tête. Tout était en désordre, Emma pleurait, Nadia était nerveuse. Je m'empressai d'apaiser ma femme, j'essayai de la faire rire et en même temps je calmai Emma, lui donnai, à grand renfort de blagues et de grimaces, la petite purée qu'elle ne voulait pas manger avec sa mère. Enfin nous dînâmes, je fis la vaisselle en répondant à la petite qui piaillait sur sa chaise haute, je tins à l'endormir, même si avec moi elle résistait au sommeil parce que j'aimais l'entendre rire et que je continuais à jouer. Puis je rejoignis Nadia, qui s'était sombrement mise au travail. Je lui racontai mon après-midi à la maison d'édition, je lui dis que le livre serait bientôt imprimé. Je l'embrassai dans le cou et susurrai :

« Allons nous coucher, Nigritella.

– Vas-y, je dois travailler. Si tu continues à me parler, je vais rester debout toute la nuit.

– Tu ne peux pas travailler demain et venir un peu dans mes bras ?

– À force de travailler demain, je ne vais plus travailler du tout. »

Je me rendis compte qu'elle était au bord des larmes et j'enchaînai :

« J'en ai vraiment fini avec le livre, à partir de maintenant je m'occupe de tout.

– Tu parles.

– Tu sais que je vais le faire. Je dois te présenter Stefano Itrò, et Tilde Pacini. Ce sont des personnes remarquables. »

Elle ravala ses larmes.

« Tes amants ?

– Qu'est-ce que tu racontes, il a une femme et quatre enfants. Tilde aussi est mariée, son mari est très sympa, je l'ai connu à l'université. Ils ont deux filles, de huit et douze ans.

– Invite-les à dîner.

– Oui, je veux les inviter tous les deux, Tilde et Monsieur Itrò. Il aimerait te faire publier un livre comme le mien, mais appliqué au domaine scientifique. »

Je pensais que cette idée la mettrait de bonne humeur, mais Nadia s'assombrit à nouveau. Elle dit, les yeux secs cette fois :

« Tu sais que je travaille depuis des années sur un projet qui décidera de mon avenir à l'université ? »

Je fis signe que oui, sans répliquer. Je la laissai à sa tâche et allai me coucher.

9.

Le lendemain, je téléphonai à une amie avec laquelle Teresa avait vécu en colocation avant de venir s'installer dans mon studio de San Lorenzo. C'est elle qui m'apprit que du Wisconsin, par une de ses pirouettes étonnantes, Teresa s'était rapprochée du MIT et vivait à présent à Boston. Cette amie ne savait ni quand ni pourquoi ce changement de ville et de perspectives était intervenu : « Ce qui est sûr – dit-elle –, c'est qu'elle a toujours été brillante et qu'elle est en train de faire quelque chose d'important, d'ailleurs j'ai vu son nom dans une prestigieuse revue scientifique américaine, parmi ceux d'autres jeunes chercheurs prometteurs originaires des quatre coins du monde. »

Au lieu de me faire plaisir, ces informations m'inquiétèrent. J'avais téléphoné pour prendre des nouvelles de Teresa et surtout pour avoir une adresse où lui écrire. Je l'avais fait sans grand espoir (si elle sait où je peux écrire, tant mieux, sinon tant pis). Mais, dès que je formulai cette demande, je devinai que l'amie, bien qu'ayant sûrement l'adresse, aurait préféré ne pas me la donner. Pour me justifier, je dis une phrase du genre : l'amour passe, l'affection reste, et je finis par lâcher que je voulais lui envoyer ma prochaine publication. L'amie me dicta l'adresse, mais l'impression qu'elle craignait de faire une erreur persistait.

Quand je raccrochai, je découvris que mon inquiétude avait grandi et je n'avais plus envie d'écrire à Teresa. Pour lui dire quoi, à quoi bon lui parler de mon essai sur l'enseignement. Elle était aux États-Unis, elle travaillait au MIT, qui sait quelles choses merveilleuses l'accaparaient. Peut-être m'avait-elle totalement oublié, peut-être qu'elle aussi s'était mariée ou que, fidèle à sa nature désinvolte, sans contraintes, elle vivait avec un de ces scientifiques prometteurs. Et, surtout, je la connaissais bien : Teresa savait être remarquablement et ingénieusement perfide ; sa perfidie, en général, n'opérait pas dans l'ombre, à demi-mot pour qui voulait l'entendre, mais était balancée à la face de la personne qui en était l'objet, avec un crépitement d'intelligence qui finissait par amuser les témoins de la scène et souvent la victime elle-même ; alors imaginons de quoi elle pouvait être capable dans un moment de triomphe, de plénitude absolue. Je redoutai qu'elle ne brise mon fragile état de bien-être et laissai le papier avec l'adresse au lycée, dans mon casier, jouant le rôle, pour citer Tilde, de l'individu honnête jusqu'à la naïveté, et donc libre. Exactement ce que je voulais être.

Cependant, ce nœud d'inquiétude ne se desserra jamais vraiment. Un matin me revint à l'esprit mon échange téléphonique avec l'amie de Teresa. J'avais demandé : « Tu as ses coordonnées, je voudrais lui écrire », et tout de suite il y avait eu cette fraction de seconde où l'interlocuteur oscille entre la vérité sur le bout de sa langue et un mensonge à inventer à la hâte. Ce fragment infinitésimal de silence perplexe pouvait s'expliquer de mille manières, mais retenons simplement ici que je pensai : Teresa lui a peut-être révélé une chose désagréable sur moi, voilà pourquoi elle a hésité.

Cette hypothèse transforma mon inquiétude en préoccupation, puis en peur. Teresa avait-elle rapporté à son amie ce que je lui avais confié ? Non – essayai-je de me rassurer –, impossible, elle a plein de défauts, mais n'est pas du genre à céder à la médisance ou aux commérages ; si elle promet de garder un secret, elle s'y tient. Néanmoins, je ne parvins pas à me calmer et récupérai son adresse. À présent, je ne voulais plus lui écrire par affection, mais parce que je la sentais distante et incontrôlable, comme une comète qui libère sur son passage des ondes néfastes. J'espérais que cette lettre la rapprocherait de moi, qu'elle me permettrait de vérifier si elle avait l'intention de me faire du mal. Mon livre allait paraître, Tilde et Monsieur Itrò le voyaient comme la manifestation écrite de mes qualités professionnelles et humaines, ce n'était pas le moment d'être éclaboussé par quelque racontar. J'écrivis trois ou quatre pages avec mon ironie habituelle. Après l'avoir félicitée pour ce que j'appelais ses succès américains, après avoir évoqué la naissance d'Emma et mes petites affaires italiennes, après avoir divagué sur l'existence qui avilit les uns et bonifie les autres, après avoir souligné que nous appartenions elle et moi à cette deuxième catégorie – en effet, nous donnions chacun le meilleur de nous-mêmes –, je conclus ainsi : « Nous avons bien fait de nous quitter, c'était le seul moyen de continuer à nous apprécier. Tendresse, bises », et j'envoyai la lettre comme on adresse un salut amical à un inconnu sur un sentier de montagne ou de campagne solitaire, dans l'attente d'un signe rassurant en retour.

Dès lors, je me sentis soulagé. J'étais sûr qu'elle me répondrait sur son ton désabusé quelque chose du genre : « Mon cher, je ne t'ai jamais apprécié, mais vu que tu te comportes bien, oui, je peux commencer à le faire maintenant. » J'espérais cependant obtenir un peu plus, une sorte de renouvellement explicite de notre pacte. Une part non négligeable de moi craignait de voir la digue se rompre et mes bassesses se répandre. Je voulais que Teresa me dise : « La digue tient, idiot, ne crains rien. »

10.

J'attendis plusieurs semaines, pas de réponse. Je fus à nouveau inquiet, mais, puisque à l'évidence je me préoccupais pour rien, je finis par oublier mes inquiétudes. D'autant plus que j'eus bientôt autre chose en tête, mon livre avait fait son apparition sur les tables des librairies. Tilde avait de bonnes relations avec les rédactions des journaux, et le nom de Stefano Itrò comptait beaucoup à l'époque, c'était une garantie de qualité. Grâce à eux, en l'espace d'un mois, fleurirent çà et là des articles qui, même quand ils critiquaient le livre, lui concédaient beaucoup de mérite. En les lisant l'un après l'autre, je fus surtout ému par le fait que non seulement ceux qui me connaissaient et m'appréciaient, mais aussi les chroniqueurs, des gens qui ne m'avaient jamais vu, semblaient m'imaginer exactement comme j'arrivais enfin à être. Qu'ils encensent mes pages ou qu'ils les critiquent, ils finissaient toujours par me décrire comme un homme rigoureux, cultivé, parfois désenchanté, jamais dépassionné.

Tilde était contente. D'un ton solennel qui ne lui ressemblait pas (c'était une femme qui détestait les formules ampoulées), elle résuma ainsi la situation : « Ils mettent en avant tes qualités profondes : noblesse de cœur et finesse d'esprit. » Le professeur lui-même étudia les articles et conclut : « Je sens que le public aussi t'accueillera avec enthousiasme. » Mais, au début, cette prévision se révéla erronée. Tilde organisa une rencontre à la librairie Feltrinelli de la via del Babuino. Elle réunit un pédagogue de la renommée de Stefano Itrò, une principale batailleuse, un professeur grisâtre et un étudiant fayot, qui parlèrent trop longtemps à une quarantaine de personnes parmi lesquelles des collègues venus spécialement du lycée, une poignée d'élèves dévoués, Nadia avec ses parents, et Emma naturellement, qui ne cessa de protester parce qu'elle voulait venir dans mes bras alors que je peinais à bredouiller quelques phrases sur mes intentions d'auteur. Nous discutâmes entre nous sans laisser de temps au débat. Seul un type trapu prit la parole, avec des lèvres très fines et un front qui lui mangeait le visage : « Si ce livre devait avoir du succès, nous ne pourrions plus parler sérieusement de l'enseignement pendant un bout de temps ! » Puis il disparut aussitôt, cédant la place au malaise du public et des invités. Heureusement, Nadia et Emma enchantèrent Tilde et le professeur. L'un et l'autre me dirent, chacun avec ses mots : « Pourquoi nous cachais-tu une femme aussi charmante et intelligente, et cette petite fille extraordinaire ? »

Nadia sembla également contente de faire leur connaissance et, de retour à la maison, elle me parla d'eux avec sympathie. Au lit, avant d'éteindre la lumière, elle revint sur l'intervention du type aux lèvres fines : « Tu ne peux pas savoir comme il m'a énervée, quel odieux personnage, je l'aurais giflé ; en tout cas, tu ne t'es pas laissé démonter, tu es vraiment quelqu'un de bien. » Elle conclut : « Accrochons-nous à notre vie, je t'en prie, c'est tout ce qui compte. »

Je lui donnai raison, mais j'eus du mal à trouver le sommeil. Pendant au moins une heure, j'élaborai des répliques féroces aux paroles grossières de cet inconnu et m'efforçai inutilement de chasser l'image de Teresa, s'écriant toute joyeuse depuis le MIT : « Mon cher, tu t'acharnes contre le seul qui avait un peu d'esprit critique. » Le lendemain, toutefois, je me rassérénai. J'avais écrit mon livre avec honnêteté, je continuais à exercer au mieux mon métier d'enseignant, l'organisation familiale fonctionnait plutôt bien. J'enlaçai Nadia qui dormait encore et, comme ces derniers temps son vieux professeur bourru ne semblait pas pressé de la recevoir, je l'incitai à profiter de sa journée libre pour courir à Naples, affronter la sommité et l'obliger à se prononcer clairement sur sa carrière académique. J'emmenai Emma au lycée, je la confiai à l'une de mes élèves et fis cours à la partie masculine de la classe tandis que la partie féminine, feignant de m'écouter, jouait avec la petite. À la sortie, j'achetai un album pour conserver les articles parus sur le livre et passai l'après-midi à les insérer sous la cellophane avec l'aide joyeuse d'Emma. Je disposai également, sur une étagère de mon petit bureau froid, mes trois exemplaires d'auteur et considérai close cette petite expérience.

Ma femme rentra dans la soirée, fatiguée, le visage éteint. Elle dit en substance ce que j'avais pensé pour moi et mon livre, mais d'une manière plus dramatique : « Ma collaboration avec l'université est terminée, mon professeur n'a pas lu une page de ce que je lui ai remis il y a un mois ou, plus probablement, il a lu, il a tout lu, et il a compris que je ne suis pas faite pour le travail de recherche. » Je tentai de lui remonter le moral, je lui demandai de me raconter en détail ce que lui avait dit son professeur, et me raccrochai à des bouts de phrases pour la convaincre qu'elle exagérait, qu'en réalité elle était très estimée, que bientôt le vieux lirait vraiment ses équations ou je ne sais quoi, et que tout irait pour le mieux.

C'était sincèrement ce que je lui souhaitais. Mais ce fut pour moi que les choses prirent un meilleur tour. Tilde téléphonait souvent pour m'annoncer qu'il y avait un nouvel article, que j'étais invité dans une librairie, qu'un lycée me réclamait, que j'étais attendu dans tel et tel colloque, que le livre en somme faisait son chemin, circulait. Désorienté, un peu inquiet, voilà que je rencontrais, comme on dit, mes lecteurs, des gens qui avaient dépensé de l'argent pour me lire et qui maintenant avaient même envie de discuter avec moi.

« Vous pensez que, dans la situation actuelle, on ne peut jamais faire du bon travail ?

– Oui.

– Alors il faut fermer les écoles ?

– Non.

– Et donc ?

– Le problème, c'est l'inégalité.

– Dans quel sens ?

– Imaginons que vous ayez beaucoup de privilèges, naturels et sociaux, et que je n'en aie aucun, comment l'école peut-elle nous faire progresser tous les deux si elle nous considère comme égaux ? »

Au début je me raclais la gorge, je faisais de longues pauses, je m'embrouillais. J'étais très embarrassé : en excluant les cours, il m'était rarement arrivé de parler en public. Bien sûr, j'avais été parfois contraint de prendre la parole au conseil des professeurs ou dans les assemblées étudiantes, qui étaient à l'époque des moments de débats féroces, et, je dois dire, je n'avais jamais particulièrement brillé. Mais je découvris peu à peu que, si je m'exprimais sur mon livre, une fois surmonté le malaise initial, j'avais l'impression d'être en classe et de parler de Quintilien ou de Cicéron. En effet, le désir d'obtenir et de conserver l'attention de mon auditoire, de le sentir à la fois réceptif et réactif, était tel que je devenais non seulement convaincant, mais encore captivant. Je savais affermir, à travers l'expression orale, la qualité même de mon écriture, et quand se présentait un détracteur comme le type de Rome, ou que s'insurgeaient les sentinelles de la norme en matière de politique scolaire – clones à la syllabe et à la tonalité près de la collègue qui quelque temps auparavant m'avait passé ce coup de téléphone menaçant –, je parvenais à contre-attaquer avec une ironie courtoise qui plaisait.

En dehors de mes heures de cours, j'étais souvent en vadrouille, d'abord dans les petits villages des Abruzzes grâce aux relations des parents de Nadia, tous instituteurs et professeurs depuis des générations. Ce fut une période de rodage, je ne savais pas trop quoi dire et j'alignais les phrases comme elles me venaient. Parfois, certains s'indignaient :

« Donc tu es contre les premiers de la classe, les bons élèves, les rares qui travaillent vraiment ?

– Non.

– C'est ce que tu affirmes.

– J'essayais juste de dire que plus les élèves recrachent nos cours mot pour mot, plus nous les trouvons doués.

– Et ce n'est pas le cas ?

– Bien sûr que si. Mais le risque, c'est que nous soyons aveuglés par ceux qui nous ressemblent et incapables de reconnaître des intelligences différentes de la nôtre.

– Je ne comprends pas.

– Mon ami, si je reconnais en toi ma médiocrité de petit bourgeois acculturé et que je te récompense par de bonnes notes, je risque de ne pas considérer, voire de punir, tous ceux qui ne sont pas en accord avec mon intelligence médiocre. »

Souvent, on tournait en rond avec nervosité. Mais, au fil du temps, je me rendis compte que certaines formules faisaient bonne impression et je tâchai de les garder en mémoire – celle-là, je dois la réutiliser –, de les améliorer, de les placer dès qu'on m'en donnait l'occasion. Quand je disais par exemple que mon unique impératif, depuis mon premier jour de cours, était : « Essaie de ne pas faire à tes élèves le mal que tes professeurs t'ont fait », la majeure partie du public s'enthousiasmait. Et moi, par conséquent, je veillais chaque fois à amener le discours là où ce type de phrase pouvait susciter le meilleur effet.

« Quand vous avez commencé à enseigner, autour de quels principes organisiez-vous votre travail ?

– Aucun, je crois.

– Aviez-vous pour modèle un de vos anciens professeurs ?

– Mes anciens professeurs ? Non, pas du tout. Au contraire, mon unique impératif était : "Ne fais pas à tes élèves le mal que tes professeurs t'ont fait." »

Je prononçais ces mots avec un plaisir ironique et mon répertoire s'enrichit rapidement. Nous autres, enseignants, avons été faits prisonniers par l'école à six ans et jamais plus relâchés. Ne laissez pas le pouvoir vous instruire, apprenez à l'instruire vous-mêmes. Une bonne instruction défend la communauté, pas le communautarisme. Il ne s'agit pas de bien instruire les rares heureux, mais d'instruire très bien les nombreux malheureux. On apprend davantage de l'étranger que de sa clique. *Et cetera*, des petites phrases comme ça. Des fleurs que je laissais fleurir d'un coup dans le jardin gris des débats sur l'instruction de masse. De l'or que j'avais minutieusement travaillé pour qu'il resplendisse sur la noirceur des bavardages autour de l'école. Les invitations redoublèrent, je commençai à voyager non seulement dans les Abruzzes et la province romaine, mais aussi dans toute l'Italie. Les rencontres étaient en général organisées par des groupes de militants pauvres au généreux engagement politico-syndical. Tout à l'économie, donc, je me nourrissais de panini et dormais chez les organisateurs. Je pénétrais en pleine nuit dans des appartements inconnus et j'en sortais de bon matin pour sauter dans un bus, un train, une automobile, et rentrer chez moi ou aller directement au lycée.

La chose attrista Nadia et agita Emma. J'étais soit au lycée, soit en tournée et, je le compris vite, mon absence n'était pas perçue par ma femme comme une nécessité promotionnelle, mais comme une fourbe dérobade à mes responsabilités familiales. De mécontentement en mécontentement, les choses se compliquèrent lorsqu'elle se rendit pour la énième fois à Naples, rentra très tard, se mit au lit sans me parler et resta figée toute la nuit. Pendant des jours, il fut impossible de lui arracher un mot sur ce qui lui était arrivé. Quand elle se décida à parler, très pâle, elle me dit :

« L'université, pour moi, c'est terminé.

– Tu dis toujours ça, mais ce n'est pas vrai.

– Cette fois, c'est vrai.

– Pourquoi ?

– Ce sont mes affaires.

– Tes affaires sont aussi les miennes.

– Non, nous avons chacun nos affaires : ce sont deux domaines inévitablement bien distincts. Ne me pose plus de questions, s'il te plaît. »

11.

C'est si difficile d'avoir une relation de couple vraiment limpide. J'aimais Nadia, je voulais l'aider, mais pas au point de lui imposer, encore moins par la force, de me raconter ce qui lui était arrivé à l'université, ce qui l'avait éloignée définitivement des surfaces algébriques. Mes questions avaient été d'emblée timides, car je pressentais que donner libre cours à la colère, au découragement, au dégoût et à je ne sais quoi d'autre qu'elle avait refoulé dans un coin de son cerveau, au prix d'un effort incommensurable, ne serait pas l'affaire de quelques minutes. Après le jour viendrait la nuit, puis à nouveau le jour, des discussions, des disputes, des migraines, des pleurs, des fouilles en profondeur, l'enfance, l'adolescence, les fragilités de l'âge adulte, les conseils pour se donner du courage, en somme une vague interminable qui me submergerait. Je ne serais plus en mesure de respecter les mille engagements que j'avais pris, le lycée, les débats, les voyages, les réflexions, la recherche, les heures obligatoires avec Emma, les promenades en poussette mais aussi sans, vu que maintenant notre fille marchait, courait, formulait des phrases, ne babillait plus.

Voir clair dans sa vie de couple, bon, c'est peut-être un devoir, mais c'est également un luxe risqué. L'opération pouvait causer beaucoup de peine, à Nadia comme à moi, et j'étais dans une phase où j'estimais que la vie me souriait comme jamais cela ne m'était arrivé, en particulier quand je sautais dans un train pour me retrouver dans une ville inconnue à parler avec des gens que je ne reverrais plus. En outre, le service de presse de ma maison d'édition s'investissait à fond, procédant à une sélection avisée des invitations, privilégiant les initiatives à grande visibilité. Parfois le professeur m'accompagnait et nous parlions côte à côte devant un public prestigieux, si bien que son autorité se répercutait automatiquement sur moi et mon livre, puis la soirée se concluait par un dîner avec des notables grisâtres. D'autres fois j'étais soutenu par Tilde et alors je devais tout donner, elle allait à l'essentiel en agitant ses mains baguées – une alliance en or très fine et deux autres anneaux ornés de pierres précieuses –, et au bout d'à peine cinq minutes elle me passait la parole. À ces occasions, j'étais surpris par la quantité de bagages qu'elle emportait : des robes très élégantes pour le voyage, des robes très élégantes pour la rencontre, des robes très élégantes pour aller dîner avec les organisateurs de la rencontre. Des dîners aussi ennuyeux que ceux avec les éminents amis du professeur, mais Tilde aimait le bon vin, et nous avions pour règle de commander des plats différents pour pouvoir ensuite les échanger, nous parlions surtout entre nous en ignorant nos hôtes et nous prolongions même la soirée après qu'ils s'étaient éclipsés. Il est inutile que je résume ici ce que nous nous disions jusque tard dans la nuit, des pensées complexes mais également des bavardages insignifiants. Ce qui compte, c'est que nous riions beaucoup sans raison, je lui proposais un peu de pâtes aux fruits de mer sur ma fourchette, elle me faisait goûter sa soupe en me tendant sa cuillère comme si j'étais souffrant.

Certes, je savais depuis mes dix-sept ans que ces échanges de mots, de nourriture et de salive sondaient la voie pour arriver à d'autres échanges, mais dans ce cas précis je n'avais pas de doute : notre relation était fraternelle, et si quelques élans incestueux pouvaient la traverser, cela ne dépassait jamais le savant exercice métaphorique.

Sauf qu'un matin, dans un hôtel de Florence, au terme d'un petit déjeuner déjà copieux avant de repartir en voiture pour Rome, je me trouvai face à une énorme part de gâteau au chocolat pur beurre que j'avais raflée au buffet.

« On partage ? demandai-je à Tilde.

– Impossible, je vais exploser.

– Moi aussi, mais quel dommage, j'en goûte juste un bout. »

Ma fourchette était souillée d'un excellent fromage, et il y avait un résidu de confiture de figues sur ma cuillère. D'instinct j'enfonçai le pouce, l'index et le majeur dans la part de gâteau, j'en détachai une belle portion et la portai à ma bouche. Il en restait un peu sur mes doigts. « Trop bon », fis-je, et je m'apprêtais à finir quand Tilde saisit mon poignet en riant : « J'ai changé d'avis, fais-moi goûter. » Alors je tendis le bras, elle se pencha en avant et accueillit dans sa bouche non seulement le reste de gâteau mais aussi mes doigts, qu'elle pinça entre ses lèvres une fraction de seconde pour y passer sa langue. « Je t'ai mis du rouge », s'exclama-t-elle, et, en regardant mes doigts, je dis non.

Par le passé, avant de rencontrer Nadia et de l'épouser, un tel épisode, de bon matin, aurait échauffé mon imagination, j'aurais projeté d'emmener Tilde sans attendre dans la chambre et le lit que je venais de quitter. Là, en revanche, je remarquai qu'elle avait les yeux rougis par le manque de sommeil, un teint légèrement jaune, le nez luisant de sueur, et je pensai qu'elle s'efforçait – à huit heures moins dix, avant de nous caler dans la voiture pour rentrer à Rome – d'être simplement de bonne compagnie. La veille au soir, nous nous étions couchés tard, comme d'habitude, elle m'avait confié son inquiétude concernant ses filles livrées à elles-mêmes, qu'elle et son mari travaillaient trop et se voyaient peu, que c'était dommage ce gaspillage d'énergie, car la vie quand on approche de la quarantaine crépite, frétille, devient avide et prête à prendre tout ce qu'il y a à prendre. Mais elle – elle surtout, son mari moins – était trop fatiguée pour soutenir cette voracité, une fatigue morale, et parfois – soudain ses yeux brillaient – elle aurait voulu dormir une année entière. Alors *exit* le sexe, pensai-je, il ne manquerait plus que je fasse un mauvais pas gâchant l'opinion qu'elle a de moi. Ainsi, chacun regagna sa chambre ; dix minutes après, nous nous retrouvâmes en bas avec nos bagages et nous partîmes. En conduisant, elle insista à deux reprises sur ma candeur. Je veux être ton amie, dit-elle, tu es un subversif candide, une intelligence pure. Ah, comme j'aimais ces définitions, j'avais toujours voulu qu'on parle de moi de cette manière. J'arrivai à la maison abruti par le voyage, mais joyeux.

« Peut-être – dit Nadia ce soir-là ou le lendemain, je ne me souviens plus – que tu devrais t'occuper un peu plus d'Emma.

– Bien sûr.

– Alors, arrête de partir à droite et à gauche.

– Je suis très sollicité, le livre a du succès.

– Mais tu n'es pas obligé de répondre toujours oui. Tu es un célèbre pédagogue ? Un sociologue à l'initiative d'une enquête dans les règles de l'art ? Tu as écrit une histoire de l'école italienne ? Non. Tu es l'auteur d'un unique petit essai que toi-même, si tu te souviens, tu as qualifié de bêtise dès les premières pages publiées dans une revue en me conseillant carrément de ne pas perdre mon temps à le lire. Alors, pourquoi tu te consacres autant à une bêtise et si peu à notre fille ? »

Je dois m'interrompre un instant pour souligner que, sur le moment, je m'abandonnai voluptueusement à la vérité d'un lieu commun. Je pensai : Nous tombons amoureux de personnes qui semblent vraies, mais qui n'existent pas, qui sont le fruit de notre invention ; cette femme si ferme, aux paroles si martelées, cette femme sans timidité, cinglante, je ne la connais pas, ce n'est pas Nadia. La personne aimée est une chose. La personne réelle en est une autre ; tant que nous l'aimons, nous ne la voyons jamais vraiment. Que de temps gâché, me dis-je, dans les relations amoureuses. Ces dernières années, j'ai allégrement inventé une personne. Je suis entré à cœur joie dans le corps d'une de mes aquarelles aux couleurs légères, et j'ai dans l'autre pièce une vraie petite fille d'un an qui a été mise au monde par une fiction. À cette pensée, je me sentis tragiquement solennel, en phase avec ma vision d'homme qui regarde la vie avec lucidité. Combien les paroles de Nadia avaient été fielleuses ! Je perçus un afflux de sang, tout en moi commença à frémir comme lors d'un tremblement de terre. Les mots vibrèrent dans ma tête, d'abord étouffés, puis criés avant d'atteindre une vitesse qui les déchira, les réduisit en syllabes, puis en un grognement sauvage : « Nadia, je suis un homme cultivé, je lis, j'étudie, je n'ai pas besoin d'un quelconque titre universitaire pour exprimer des idées que – écoute-moi bien – je suis le seul à pouvoir qualifier de bêtises avec une modestie volontaire, toi, tu dois les analyser comme tu as fait – obtusément, inutilement – avec tes surfaces algébriques, d'ailleurs tu dois analyser plus, analyser mieux, et surtout tu dois en parler avec respect, sans jamais t'aventurer à me dire quand et comment je dois être avec ma fille, quand et comment je dois lui donner sa purée, sa tétine ou sa compote pomme-banane, parce que je n'ai d'ordre à recevoir de personne, encore moins de quelqu'un qui s'adresse à sa fille en prenant une voix de débile. Emma est une enfant normale, c'est inutile et néfaste qu'au lieu de : "Tu veux boire, Emma ?", tu lui piailles : "Qu'est-ce qu'elle veut cette petite fille à sa maman, elle veut *broum* ?", parce que, je te le dis une fois pour toutes, si tu continues, je te vire de ma vie comme ils t'ont virée de la faculté de mathématiques, c'est clair ? »

Une partie de ce monologue déclamé intérieurement dut rejaillir à l'extérieur, des éclats, des bribes, qui sait – j'espérai que ce ne soit pas grand-chose –, car Nadia se mit à pleurer comme d'habitude en murmurant : « Lâche mon bras, tu me fais mal. » J'eus peur, je ne supportais pas que des personnes souffrent à cause de moi, je lâchai aussitôt son bras, lui demandai pardon, essuyai ses larmes avec des baisers en l'appelant Nigritella Rubra, je recourus à toutes les ruses de mon répertoire. Elle se déroba, me repoussa, puis s'abandonna à mon étreinte en sanglotant. Elle était épuisée, déprimée. Avant de s'endormir, elle glissa :

« Tu as repris contact avec ton ex ? »

Contact ? Ex ?

« Dors », lui susurrai-je.

Elle céda au sommeil, puis elle sursauta et me tourna le dos en marmonnant :

« La lettre est sur ton bureau. »

Teresa m'avait donc répondu. J'attendis que Nadia dorme, je me levai en essayant d'éviter de faire grincer le lit et allai dans mon bureau. Enfin elle avait daigné se manifester. Mais sur la feuille je ne trouvai que quelques lettres de l'alphabet suivies d'un point d'interrogation : « Tu as peur, hein ? »

12.

J'avais toujours eu une tendance au perfectionnisme et c'était probablement la raison pour laquelle je ne m'étais jamais aimé. Je voulais être irréprochable, mais comme à chaque occasion quelqu'un trouvait quelque chose à redire, j'avais grandi mécontent de moi et dans la crainte de la réprobation. Par ailleurs j'avais un tempérament vif, parfois même joyeux et curieux du monde, si bien que je n'avais jamais cédé à la mélancolie passive, et le fait que je ne me plaise pas ne m'avait pas empêché d'essayer de plaire. Ainsi, je m'étais habitué à un équilibre fragile entre ce que j'aurais voulu être – irréprochable, donc – et la résignation à l'insuffisance, aux remarques en conséquence et aux critiques, que j'affrontais en général avec des demi-sourires, de l'autodérision, la légèreté amusée de celui qui dit : « J'ai fait une erreur, mais n'exagérons rien, ce n'est pas un drame. »

En réalité c'était pure façade, je ne prenais jamais rien à la légère, pas même les choses qui l'étaient intrinsèquement. Certaines fois – très rares, heureusement –, quelque chose en moi se brisait. Six ans plus tôt, par exemple, après d'éprouvants conseils de classe, un collègue s'était aperçu que je m'étais trompé en recopiant je ne sais plus quoi et m'avait agressé publiquement en criant qu'à cause de ma négligence il fallait tout recommencer. En effet, c'était ma faute, mais je ne réussis pas à relativiser la chose avec mes jeux verbaux habituels. Je criai aussi, hors de moi : « Oui, je me suis trompé, et je me tromperai encore, parce que je ne suis pas rigoureux, parce que je me fous de ce qu'on est en train de faire, parce que je ne suis pas attentif, parce que je suis un incapable, parce que vous me cassez les couilles, tous, et je voudrais vous voir brûler un par un au milieu de vos paperasses inutiles. » Mais, tandis que je criais, ma voix, à ma grande honte, commença à faiblir, elle s'effila en un fausset humiliant, je sentis les larmes me monter aux yeux. Tout le monde, y compris mon collègue agressif, baissa immédiatement le ton. « Cela n'a pas d'importance – dirent certains, notamment mes collègues les plus maternelles –, tout peut s'arranger, si tu es fatigué on s'en occupe, toi, va fumer une cigarette. » Je les quittai donc et allai fumer dans la cour. J'étais furieux contre ces gens qui savaient s'adapter à leur rôle et contre moi-même qui m'étais révélé inadapté. Alors non, je ne tolérais pas l'erreur, je ne tolérais pas les conséquences de l'erreur, je ne tolérais pas de devoir me justifier, je ne tolérais rien qui me mettait devant mon incapacité à être parfait, je ne le serais jamais.

Au moment de ma séparation avec Teresa, je savais très clairement que je n'avais pas construit ma vie sur de grandes ambitions ; et ce pour la simple raison que, si j'étais imparfait dans les petites choses d'une petite vie, imaginons ce que cela donnerait dans les grandes choses d'une grande vie. Mon père était un ouvrier électricien, il s'était démené, le pauvre homme, tout au long de son existence éprouvante pour faire de moi la personne extraordinaire qui infligerait une leçon exemplaire à tous ceux qui le commandaient et l'humiliaient. Il m'avait dit, lorsqu'il était tombé gravement malade : « Tu dois me ressusciter, Pietrí, parce que je veux être présent, les yeux grands ouverts, quand tu la mettras dans le cul à tous ceux qui se sont crus meilleurs que moi. » Mais les grandes attentes de cet homme condamné m'avaient conduit très tôt, par manque de confiance, à me vautrer sciemment dans les bassesses. Je crains qu'il ne s'en soit aperçu, sans doute parce que je désirais qu'il s'en aperçoive. Un peu avant mes dix-sept ans, je me vantai exprès, en sa présence, de m'être glissé dans le lit de la femme d'un de ses cousins. Mon père abhorrait par-dessus tout l'adultère, il détestait l'inconstance des séducteurs comme de ceux qui se laissaient séduire, ainsi je voulais qu'il se fâche et m'enlève le poids de son estime excessive. Il dit en effet, les yeux plissés par le mépris : « C'est pas possible d'avoir un fils aussi con. » Et je songeai, au bord des larmes (mais je ne pleurai pas, je ne pleure jamais) : Si, papa, c'est possible. À présent cependant, vu la tournure que prenaient les choses, il aurait peut-être été content, qui sait. Chacun de mes actes était une réussite, je me libérais de mon éternelle inertie, peut-être étais-je vraiment devenu irréprochable. L'idée que tout s'enlise au moment où je m'engageais sur le bon chemin m'était donc insupportable. Nadia, la personne dont l'amour avait probablement transformé tout mon corps, voulait me faire régresser ? Teresa, qui avait suscité ce besoin de transformation en me faisant souffrir, me menaçait en m'écrivant de Boston : « Tu as peur, hein » ? Laquelle des deux devait m'inquiéter le plus ?

Je sus très vite que je pouvais tenir tête à ma femme, mais pas à Teresa. Tandis qu'elle dormait, le visage encore rougi par les pleurs, Nadia revenait doucement au cadre de la fiction amoureuse, elle était à nouveau la jeune femme adorée qui, bien sûr, avait ses instants de faiblesse liés à ses désillusions professionnelles, aux responsabilités et aux préoccupations d'une mère, mais elle restait ce corps féminin doux, lisse, attendri par l'amour qu'elle me portait. Teresa, en revanche, ne m'aimait plus depuis longtemps, Teresa s'était détournée avec un réflexe de répulsion animal comme du reste je m'étais détourné d'elle, Teresa pouvait me faire du mal par simple jeu intellectuel. C'était elle que je devais amadouer.

Mais, un après-midi – dans mon petit bureau, tandis que je tournais et retournais entre mes mains la feuille presque blanche qu'elle m'avait envoyée d'une terre où je n'étais jamais allé et où je n'irais sans doute jamais –, je sentis que dans ce schéma quelque chose ne fonctionnait pas. Je pensai à l'attention qu'il me fallait prêter à Nadia, aux précautions que je devais prendre pour ne pas la contrarier et me frotter à la vraie femme qu'elle était. Pour la première fois depuis quatre ans – mais, si je me souviens bien, pour la dernière également –, je doutai. Je n'aurais pas dû laisser s'interrompre ma relation avec Teresa quand nous venions non seulement de nous prouver qui nous étions réellement, en dehors de toute mise en scène, mais encore de nous révéler qui, à l'occasion, nous pouvions être. Avec Nadia, pensai-je, qui sait combien de temps je serai contraint de perdre à me cacher, à la cacher et ainsi à faire tenir debout notre histoire, la famille que nous avons fondée ? Avec Teresa, pas de temps à perdre, nous savons déjà l'un de l'autre beaucoup plus que ce qu'il est en général permis de savoir. Inutile de la circonvenir donc, mieux valait au contraire être direct.

Je me mis à l'œuvre et répondis à ces quatre mots – tu as peur, hein ? – par une longue lettre dans laquelle je reparcourais mélancoliquement les étapes marquantes de notre relation. Je déclarai que je tiendrais toujours à elle comme on tient à quelqu'un qu'on estime énormément, et je répétai plusieurs fois le concept suivant : « Peur de quoi, Teresa, je te connais comme nul autre, et je te fais confiance comme tu sais que tu peux me faire confiance. » Naturellement, j'envoyai la lettre sans attendre de réponse. Je voulais juste qu'elle se rende compte, elle aussi, combien notre relation était précieuse dans sa rareté, tellement franche et détachée des apparences, vu que nous avions une bonne idée de notre substance.

13.

Le temps passa, l'intérêt pour mon livre retomba lentement, je me déplaçai moins à travers le pays. Cela ne me déplut pas, je me concentrai à nouveau sur l'enseignement, je m'occupai d'Emma. Mais je notai que c'était surtout ma femme qui avait besoin d'attention, elle semblait étonnée de me voir résigné à reprendre ma vie habituelle sans grogner. Elle était nerveuse, je sentais qu'elle m'épiait, elle se comportait comme si elle cherchait à deviner les intentions qu'à ce stade j'ignorais moi-même avoir.

« Tu n'as rien de prévu cette semaine ?

– Non, on ne me demande plus.

– Alors, samedi, laissons Emma à mes parents.

– D'accord.

– Tu es déprimé ?

– Mais non.

– Préoccupé ?

– Je ne crois pas. »

Pendant un moment je pensai que, fixée sur le livre et sur mon succès, elle n'avait pas remarqué combien ma condition s'était améliorée. J'étais devenu un personnage public, de petit calibre bien sûr, mais tout de même avec une certaine autorité. Le poids de ma parole avait – je peinais à le croire – doublé, voire triplé, au point que des journalistes téléphonaient parfois pour connaître mon avis sur des questions scolaires. Je m'entretenais avec Tilde, une femme très cultivée et raffinée – autre milieu, autre monde –, presque tous les jours, et nous échangions des idées, émettions des hypothèses sur un possible nouvel essai. Toutes les deux semaines, le professeur me rappelait gentiment que j'avais désormais un discret et prestigieux lectorat qui ne devait pas oublier ma passion pour l'enseignement.

En somme j'allais bien, j'étais content de moi comme jamais cela ne m'était arrivé, et je ne comprenais pas le ton inquiet et suspicieux de Nadia ; pire, il tendait à m'agacer. Peut-être – pensai-je un jour où elle piqua une colère contre Emma qui m'impressionna : elle fit voler l'assiette dans laquelle la petite jouait avec sa cuillère en se barbouillant, et sortit de la cuisine en claquant la porte violemment –, peut-être que c'est elle qui ne va pas bien. Et à cette occasion je me souvins de son retour tourmenté de Naples, des pleurs qui avaient suivi, du repli hostile entre le lycée et sa fille. Mais surtout je compris qu'à partir de ce moment-là elle avait cessé de se réserver un peu de temps pour étudier, pour aller à Naples.

L'agitation autour du livre m'avait-elle trop absorbé ? Se pouvait-il que je ne m'en aperçoive que maintenant ? J'eus l'impression d'être à nouveau l'étudiant pris en flagrant délit de distraction par son professeur. Je détestais qu'on me réprimande pour ma distraction, je le vivais en général comme une intrusion policière, d'ailleurs je ne le faisais jamais avec mes élèves, je n'exigeais pas leur attention en criant et en tapant du poing sur mon bureau : je les rappelais à moi, à mon cours, avec précaution, parfois même avec douceur, le distrait subit toujours l'attrait de quelque chose. Quand nous avions commencé à sortir ensemble, Teresa, qui était à vrai dire l'élève la plus distraite que j'avais jamais eue, m'avait avoué dans un moment d'abandon : « Je t'ai d'abord aimé pour la gentillesse avec laquelle tu me rappelais à tes cours mortellement ennuyeux. » Je lui avais répondu, tellement sérieux qu'elle s'était ensuite moquée de moi pendant des jours en imitant sarcastiquement ma voix : « J'ai toujours perçu le rappel à l'ordre comme un coup violent dans le dos, si bien que je ne donne de coups à personne. » Tout cela pour dire que mesurer soudain combien l'affaire du livre avait effacé Nadia me fit l'effet d'une bourrade grossière. Et, comme pour justifier mon manque d'attention, je pensai : Je suis coupable, certes, mais Nadia a tracé entre nous une ligne de démarcation, elle a gardé pour elle ce qui lui est arrivé à l'université ; et ce n'est pas faute d'avoir insisté, si elle m'avait raconté les choses en détail, il en aurait été autrement. Pour y remédier cependant, un dimanche après le déjeuner, tandis que nous prenions le soleil sur le balcon, je lui redemandai calmement pourquoi elle avait arrêté d'étudier, pourquoi elle n'allait plus voir son professeur.

« Tu t'en aperçois enfin.

– Enfin ? Je m'en suis aperçu tout de suite, mais je ne t'en ai pas parlé par discrétion, tu m'as dit que c'étaient tes affaires.

– En effet, ce sont mes affaires.

– Elles t'appartiennent au point que tu ne peux pas me les confier ? »

Nous passâmes la nuit à tourner autour de cette distinction entre mes affaires et ses affaires, jusqu'à ce que je parvienne à la convaincre que mes affaires étaient forcément aussi les siennes, et que c'était injuste, voire cruel, que ce ne soit pas réciproque. Elle s'effondra, fit un effort pour se reprendre, puis se confia. L'avant-dernière fois qu'elle était allée voir son professeur, après la longue et ennuyeuse attente habituelle dans un couloir qui, malgré ses grandes fenêtres, semblait aveugle, il l'avait reçue, immuablement assis derrière un bureau imposant, avec une cordialité surprenante. Nadia m'avait parlé mille fois de ce monsieur par le passé, avec enthousiasme. Elle le trouvait bourru, oui, parfois terriblement sarcastique avec étudiantes et étudiants, mais fin, très beau, très intelligent, et même capable à l'occasion de compliments (quelles jolies boucles d'oreilles, quelle chevelure), au point que j'ironisais : « Un beau vieillard qui te fait la cour », et elle répliquait en riant : « Mieux vaut un vieux beau et intelligent qu'un jeune fade et grossier » ; alors je lui donnais mes impressions en forçant le trait – je l'avais aperçu une fois en allant avec elle à l'université : gros et bedonnant, une tignasse blanche sur un front osseux, des yeux trop clairs telles deux billes bleutées fichées dans un visage gonflé, le nez large, la fente de la bouche coincée entre des joues pendantes – et je me moquais de sa dévotion excessive, comment peux-tu être charmée par un vieillard alors que (veinarde) tu m'as moi. En tout cas elle était entrée dans le bureau, timide, toujours un peu effrayée, le vieux avait un caractère instable, sa bonne humeur ne durait pas. Ainsi, son accueil chaleureux l'avait fait rougir. Il s'était exclamé : « Voyons ce que cette belle enfant m'amène ! », et Nadia s'était enfin sentie reconnue, elle avait sorti les quelques pages qu'elle avait réussi à produire malgré le lycée, Emma et moi, elle s'était assise à côté du bureau et avait murmuré : « Je n'ai pas beaucoup avancé. » Mais elle avait regretté ce ton dévalorisant et s'était empressée de lui présenter je ne sais quel résultat significatif, elle lui avait tendu les pages, il avait semblé intéressé. « Viens, lui avait-il dit en la tutoyant pour la première fois, lisons ensemble », et il avait fait un geste avenant de la main en la fixant, en clair il avait tapé du bout des doigts sur sa cuisse. Nadia n'avait pas compris tout de suite que le vieux l'invitait à venir s'asseoir sur ses genoux ; confuse, elle s'était approchée encore pour pouvoir lire ses notes avec lui, et le professeur avait passé un bras autour de sa taille, un peu hésitant, elle debout, lui assis, le buste appuyé contre sa hanche comme s'il avait perdu l'équilibre. Alors Nadia avait éclaté de rire, un rire nerveux, elle s'était dégagée toujours en riant, et le vieux, riant à son tour, lui avait dit : « Où vas-tu, reste avec moi, ne t'inquiète pas. » Et elle avait bredouillé : « Non, professeur, désolée, mais je dois vraiment filer. » Elle avait passé la porte en le laissant derrière son bureau les feuilles dans les mains.

Ma femme se tut quelques secondes, je pensai qu'elle avait terminé et lâchai une série de phrases indignées. Mais, découvris-je, si cette approche maladroite avait évidemment été une déception pour Nadia – elle ne pouvait pas y croire, un brillant universitaire, un célèbre mathématicien, comment avait-il pu se ridiculiser ainsi, dans son propre bureau, dans l'exercice de sa fonction prestigieuse –, elle avait finalement laissé glisser et, quelques jours plus tard, elle était retournée à l'université, l'important n'était pas la faiblesse du vieil homme, mais l'avis du puissant scientifique sur les pages remplies de calculs qu'il avait gardées. Le moment vraiment pénible pour elle avait été celui-là. Après la même attente interminable, la porte avait fini par s'ouvrir, un type qu'elle connaissait était apparu, un assistant de son âge, qui l'avait vue, lui avait souri, était rentré dans le bureau, et là, oui là, elle avait entendu nettement le professeur crier avec un fort accent napolitain : « *Santoddío*, elle est revenue, cette idiote, elle est tenace, occupe-t'en, s'il te plaît. »

« C'est ça qui m'a convaincue, murmura Nadia. S'il y avait eu dans ces pages quelque chose d'intéressant, il aurait oublié sa stupide maladresse et, n'étant pas du genre à laisser passer une étincelle de génie, il m'aurait reçue à nouveau, m'aurait félicitée et encouragée. Il ne l'a pas fait, au contraire, il a crié son agacement. Alors j'ai compris clairement que c'était moi qui avais tort, je m'étais servi de ses attentions, de ses compliments – quel doux parfum, quelle belle robe, quelles jolies boucles d'oreilles – pour croire qu'il m'estimait, que j'étais vraiment douée, quand, en réalité, je n'ai aucun talent en dehors du minimum d'application qui m'a permis de décrocher un diplôme avec la meilleure note. »

Cette nuit et les jours suivants, je fis tout pour lui démontrer qu'elle avait perdu inutilement du temps à courir après un vieux porc. Ce monsieur – lui expliquai-je – doit avoir une autorité scientifique assez médiocre pour finir entre quatre murs à baver sur une poignée de femmes belles et intelligentes. Rien à faire, elle était de plus en plus déprimée : son professeur était un mathématicien de renommée mondiale, il valait mieux que je ne me prononce pas sur des choses que je ne connaissais pas. Je lui dis une fois :

« Tu verras, on lira bientôt dans les journaux qu'il a été arrêté ou qu'un mari jaloux, comme moi en ce moment, lui a fendu le crâne avec une hache.

– Ne fais pas ça.

– Lui fendre le crâne avec une hache ?

– Ne parle pas de lui comme ça : s'il avait des ennuis, je serais la première à plaider en sa faveur.

– Quoi ?

– Oui. »

14.

Je me sentis sombre, pas au sens où je m'assombris, mais comme si mon regard illuminait Nadia et me laissait dans les ténèbres. Un long moment suivit pendant lequel ma femme se flagella en exprimant sa peine pour le vieux scientifique à l'éros détraqué, et où je m'écriai que cet homme devait en outre avoir une femme, des enfants, des petits-enfants, des admirateurs, autant de raisons de faire en sorte que tout le monde, absolument tout le monde, sache qu'il s'était bassement comporté avec une des mathématiciennes les plus prometteuses d'Italie ; à ce moment précis, une sorte de jeu de miroirs s'établit entre moi et le professeur, que j'imaginais terrifié à l'idée que Nadia raconte autour d'elle les grossièretés qu'il lui avait infligées. Ainsi, tout en souhaitant sincèrement que ses petits-enfants découvrent quel grand-père méprisable était le leur, je reconnaissais en moi la crainte de l'humiliation, de la honte, et je pensai : Tais-toi, qu'est-ce que tu dis, ce type n'a rien fait au regard de ce que tu as confié à Teresa, imagine si maintenant elle revenait des États-Unis et en parlait à Nadia, à Tilde, au professeur Itrò, à tous tes lecteurs : « Vous avez compris qui est Pietro Vella, allez, prenez une hache et brisez-lui la tête. » Les ténèbres venaient de là et, tandis que je parlais et fixais Nadia, illuminée par sa peine généreuse, je me réfugiais en hâte dans ma noirceur, je modérais mon ton et bredouillais : « Voler au secours d'un vieux pervers qui ruine ta carrière me semble vraiment excessif, mais je vais sans doute trop loin aussi ; la hache, lui briser le crâne, c'est exagéré. »

Dès lors, lentement, la triste expérience de ma femme prit la tournure d'un jeu. Si pour ouvrir une conserve de haricots rebelle j'invoquais la hache que je destinais au vieux gredin – je commençai à appeler ainsi le mathématicien –, nous éclations de rire, et au début je riais beaucoup, elle assez peu, puis elle se mit à rire de plus en plus et moi de moins en moins. Je finis par me convaincre que le pire était derrière nous ; un dimanche après-midi, nous nous glissâmes dans le lit – Emma était chez ses grands-parents – et, en m'enlaçant, elle me murmura à l'oreille : « Viens en moi, je vais avoir mes machins. » Je savais de quels machins il s'agissait et je lui obéis joyeusement. Le mois suivant elle était enceinte, elle mena une grossesse enthousiaste et naquit Sergio.

Mais Nadia n'était pas satisfaite. Durant cette deuxième grossesse, elle avait étudié l'anglais et l'espagnol, elle s'efforçait de lire des romans en langue originale, elle ne voulait plus entendre parler de surfaces algébriques. À présent, elle me parlait dans un mélange d'italien et d'autres langues, et me chantait des refrains sur le bonheur d'être enceinte, *pregnant*, *embarazada*. Un soir, elle me susurra à l'oreille entre deux gloussements nerveux : « Laisse tomber le préservatif, embarrasse-moi une troisième fois, imprègne-moi. » Déconcerté, je lui demandai : « Tu es sérieuse ou tu plaisantes ? » Elle ne plaisantait pas : alors que même les femmes de la Valle Peligna tentaient de mettre au rebut leur ancienne vie de contraintes, Nadia avait décidé d'être submergée par les devoirs de mathématiques, moi et une ribambelle d'enfants. Je la contentai, surtout parce qu'il semblait que les grossesses la remplissaient d'une vitalité entraînante. Mais cette troisième expérience fut si difficile, l'accouchement si compliqué, la vie avec trois enfants en bas âge si éprouvante – le dernier,

Ernesto, énorme à la naissance, devint très vite maigrichon et pleurnicheur –, qu'elle n'ouvrit plus un livre et cessa d'étudier les langues. Maintenant, elle me demandait systématiquement : « Tu as vérifié, tu es sûr que le préservatif ne s'est pas déchiré ? »

15.

Ces années-là, je publiai pas mal d'articles dans des revues et brochures scolaires, ainsi que – plus rarement – dans de grands quotidiens nationaux, et tous reçurent un accueil favorable. J'étais de plus en plus étonné par mon succès et je commençai à me demander pourquoi, d'autant que Tilde, le professeur, Nadia et un public de dimension désormais honnête ne l'étaient pas du tout. Cela venait du fait, me dis-je, qu'avant trente ans il ne m'était jamais rien arrivé qui soit susceptible de prouver, et d'abord à moi-même, une supériorité par rapport à la moyenne des gens de mon âge. À l'école, dès le cours préparatoire, j'avais montré des capacités tout à fait normales. À l'université, aucun professeur ne m'avait remarqué et j'avais décroché mon diplôme avec une note médiocre. J'avais obtenu l'habilitation à l'enseignement d'un grand nombre de matières et réussi un concours affreusement ennuyeux sans entrevoir la tête du classement. Oui, j'étais considéré depuis des années comme un bon enseignant, mais surtout parce que je savais que je ne savais pas grand-chose, alors j'étudiais diligemment chaque jour, je corrigeais mes copies avec ponctualité et me présentais en classe de bonne humeur, toujours préparé. En somme, il ne s'était jamais rien produit, dans ma vie, qui m'autorise à faire taire mon insatisfaction personnelle viscérale. Et du reste, à présent que ma situation s'était améliorée, même si je me réjouissais de l'accueil réservé à mes interventions, quand je me comparais à Tilde, à Monsieur Itrò, à Nadia, sans parler de Teresa, je me disais : Comparé à eux, je ne suis rien de plus qu'un cerveau pauvre avec un vernis d'instruction, un néo-acculturé sans traditions solides, excessif dans ses manières, dans ses formulations, dans son ton, privé de cette finesse qu'on ne possède pas naturellement, mais qui se transmet de génération cultivée en génération cultivée. Tilde est extraordinaire, oui, d'une grande éducation, quadrilingue, voyageuse, une armée d'ancêtres érudits ont contribué à faire d'elle ce qu'elle est. Stefano Itrò aussi, quel homme formidable, quand il parle de pédagogie, lui, il sait vraiment ce qu'il dit. Et Nadia, fille de proviseur et d'institutrice, diplômée en mathématiques avec les félicitations du jury, une femme très intelligente qui mériterait la carrière universitaire dont elle a toujours rêvé. Teresa enfin, un grand esprit également, je l'ai connue quand elle avait seize ans, une jeune fille issue d'une famille très pauvre qui a brillé cependant dès sa plus tendre enfance, assise au fond de la classe, à côté de la fenêtre ; et malgré tous ses défauts, tous ses excès, elle a toujours été cent coudées au-dessus de mes autres élèves, voire de toutes les personnes que j'ai rencontrées, peut-être même au-dessus de Tilde, Monsieur Itrò, Nadia, sans parler de moi évidemment. Ainsi, tandis que je ressassais ces pensées et que je percevais de plus en plus nettement la rupture entre l'image publique que j'acquérais doucement et la façon dont je me voyais réellement – un enseignant de banlieue, un père de famille à la peine, un mari distrait qui, au pied du mur, feignait de ne pas l'être ou, mieux, de ne l'avoir jamais été –, je commençai à écrire un nouveau livre dans lequel j'avançais l'idée que l'école n'avait jamais fonctionné comme elle aurait dû ; que sa plus grande hypocrisie était de distribuer des portions de savoir égales à des personnes qui ne l'étaient pas en faisant comme si elles l'étaient ; que parler d'enseignement de qualité pour tous signifiait bouleverser non seulement les salles de classe, mais aussi la famille, la société, les hiérarchies du savoir, la religion, la propriété des moyens de production, tout ; que l'échec désormais évident de l'instruction de masse causerait davantage de dégâts irréversibles qu'une guerre nucléaire. L'école, entendais-je conclure, devait être repensée de manière à fournir à tous, absolument tous, en particulier aux enseignants, les outils pour rêver sa propre exception et, le moment venu, se réveiller et la réaliser.

J'écrivis entre les cours, les grossesses de Nadia et les réunions avec Tilde et le professeur, qui s'étaient donné pour mission d'éviter que je me disperse. Durant ce long laps de temps, surtout quand Nadia était enceinte de Sergio et dans une phase rayonnante, Tilde et Monsieur Itrò nous rendirent souvent visite avec leurs conjoints, ils sympathisèrent avec Emma, devinrent amis avec ma femme. Parfois nous les emmenions en promenade dans les ruelles autour de chez nous, pour voir tel jardin, admirer tel arbre ou boire telle eau de source. Ils étaient évidemment enthousiastes, que l'air est frais, quels parfums, qu'est-ce qu'on a bien mangé, quel délicieux gâteau. Mais Itrò finissait toujours par lâcher : « Dès que tu me donnes ton feu vert, je me débrouille pour te trouver un poste dans un lycée plus central. » Puis il s'adressait à Nadia avec sa courtoisie de grand seigneur : « Nadia, je comprends, la maison de famille, mais vous êtes une femme extraordinaire, ne parlons pas de votre mari, vous devez prendre un appartement en ville. »

Ma femme secouait la tête, elle appréciait les nombreux compliments du professeur sur son intelligence, mais s'énervait un peu quand il abordait le futur d'Emma : « Ne refusez rien à cette merveilleuse demoiselle, elle mérite ce qu'il y a de mieux, pas seulement le paradis abruzzais de ses grands-parents, la brave petite ! » Nadia ne répondait pas, c'était le professeur Itrò, il en imposait ; toutefois, elle restait songeuse quelques jours et soudain, comme si je connaissais les pensées qu'elle n'avait jamais verbalisées, elle sortait des phrases du genre : « Si je n'étais pas née à Pratola Peligna, si j'avais grandi dans le centre de Rome, est-ce que j'enseignerais aujourd'hui à l'université, selon toi ? » Je démentais : « Mais non, Monsieur Itrò ne voulait pas dire ça, Pratola Peligna est une splendeur, Montesacro n'est pas un trou perdu, c'est juste une idée fixe, il a toujours habité en ville et il veut qu'on soit plus proches, l'école, la maison, parce qu'il nous estime, il voudrait nous voir plus souvent. »

Un jour cependant, alors qu'elle était déjà enceinte d'Ernesto et qu'elle allait mal, en voulant éviter qu'elle s'enlise à nouveau dans ses insuffisances réelles ou présumées, je commis une très grave erreur. Elle se lamentait : « Je crois que j'ai tout raté, je crois que nous devrions vraiment donner à nos enfants de meilleures opportunités », elle se sentait coupable de la façon dont nous élevions Emma et Sergio. Et je dis : « Mais non, regarde Teresa, tu t'en souviens, elle est née et a grandi en banlieue, ses parents tenaient un petit café toujours au bord de la faillite, des gens sans diplôme, en plus elle m'a eu comme prof de lettres, la pauvre ; eh bien, maintenant elle travaille au MIT.

– Teresa, ton ex ?

– Ex, allons, ça fait si longtemps, je ne me rappelle même plus à quoi elle ressemble. »

Elle cria :

« Va la retrouver, va aux États-Unis : tu es tellement brillant, tu feras de grandes choses là-bas, toi aussi. »

Et puis bien sûr tout passe, elle sembla oublier mes paroles déplacées. Sauf qu'entre-temps Tilde organisa une interview pour la sortie de mon nouveau livre avec un hebdomadaire important. Je n'avais encore jamais fait ce genre de chose, quelques mots échangés par téléphone qui devenaient deux lignes dans un article présentant les avis de dix autres personnes nettement plus renommées. À cette occasion pourtant, dans un bureau du siège romain de la maison d'édition, vint exprès pour moi un journaliste assez connu à l'époque (comme la notoriété s'évapore facilement), qui me posa un tas de questions et me laissa parler pendant une heure et demie. Ensuite, il s'entretint brièvement avec Tilde et prit congé. Elle me rejoignit rayonnante, me serra dans ses bras et m'embrassa à un centimètre des lèvres :

« Tu l'as conquis.

– Mais non.

– Si : tu n'imagines pas l'effet que tu produis quand tu ouvres la bouche.

– C'est juste une question d'entraînement, je fais cours tous les jours depuis des années.

– Non, non et non. Je dois m'occuper davantage de toi, je dois t'apprendre ce que tu es. Ton problème, c'est que tu ne le sais pas.

– Je le sais très bien : je suis le résultat de l'éducation lamentable de l'école de l'après-guerre – l'école encore fasciste feignant d'être fraîchement républicaine – imposée à ces innombrables enfants qui méritaient un enseignement de qualité.

– Arrête, l'interview est terminée.

– Quand sera-t-elle publiée ?

– Aucune idée. Avant la présentation à Milan, j'espère. »

Pour Milan, il y avait le temps ; je fus happé par la fin de l'année scolaire, les conseils de classe, et l'interview me sortit de la tête. Entre-temps le livre apparut dans les librairies, et d'un coup me saisit la crainte de l'avoir écrit trop vite, que mes soutiens se rendent compte d'avoir fait une erreur, que quelque grand nom s'indigne au point de déclarer : « Où est passée la belle langue italienne d'autrefois, le discours cohérent et suivi, l'argumentation éclairée, voilà entre les mains de qui ont fini nos écoles », *et cetera*, *et cetera*.

Un après-midi, je rentrai à la maison très fatigué, Nadia avait un ventre énorme, elle était proche du terme, elle criait après Sergio comme après un adulte, or c'était un joyeux bambin de deux ans. Je dis :

« Va te reposer, je m'occupe de tout, tu as l'air épuisée.

– Et qu'est-ce que ça peut te foutre, à toi, si je suis épuisée ? »

Elle ne s'exprimait jamais ainsi, je murmurai effaré :

« Allez, va t'allonger un peu.

– Vas-y toi-même, tu as travaillé dur, tu le mérites. Profites-en pour lire tranquillement *Panorama*. »

Elle m'indiqua la cuisine au fond du couloir, Emma était à table, à genoux sur une chaise. Je la rejoignis, elle feuilletait un magazine, ou plutôt elle n'observait rien de moins que ma photo enchâssée au centre d'une page. Je contins mon agitation, mon impatience.

« Ça donne quoi ? » demandai-je à Nadia qui, à l'autre bout du couloir, avait recommencé à houspiller Sergio avec toute la rage qu'elle aurait voulu déverser sur moi. Elle lâcha, amère :

« Magnifique.

– Vraiment ?

– J'ai l'habitude de mentir ? Elle est longue, deux pages. »

Son ton était insupportable, je pensai qu'elle protestait parce que comme d'habitude elle devait gérer la maison, le lycée, nos deux enfants et le troisième qui séjournait encore, plus pour longtemps, dans son ventre. Je dis gentiment :

« Je la lirai tout à l'heure. Sergio, viens voir papa.

– Je veux que tu la lises tout de suite.

– Nadia, ne t'énerve pas.

– J'ai l'air énervée ? Emma, donne le magazine à papa. »

Emma était très fière : elle me fit d'abord plein de bisous, puis elle en couvrit la photo. Je finis par récupérer l'hebdomadaire, à condition qu'elle reste sur mes genoux pendant que je lisais. Beau titre, qui parlait – si je me souviens bien – de résurrection. Mon livre – découvris-je dans le sommaire – redonnait vie au débat sur une institution à laquelle tout le monde prétendait tenir, mais dont personne ne se préoccupait. Et dans l'ample chapeau les éloges se bousculaient, il y avait en outre deux brèves citations, des formules si efficaces que je doutais de les avoir écrites. Quant à l'interview elle-même, le journaliste avait réussi à m'attribuer des réponses toujours intéressantes en les rapportant avec élégance.

J'étais ému, flatté, je n'aurais jamais pensé qu'une heure et demie de conversation à bâtons rompus produirait un texte d'une intelligence aussi fine. Je n'entendis plus Nadia qui s'acharnait contre Sergio et me rappelai sa présence seulement lorsqu'elle apparut sur le seuil de la cuisine. Je levai le regard et, dans ce bref laps de temps, elle me sembla malade. Elle avait un teint verdâtre, les chevilles gonflées, son gros ventre était boudiné dans une robe toute distendue du côté où s'était agrippé notre fils en quête d'affection. Je pensai : Pourquoi est-elle si contrariée, je suis son mari, le père de ses enfants, elle devrait se réjouir de l'image que je donne, plus les choses vont bien pour moi, plus belle est sa vie, celle d'Emma, de Sergio et du bébé sur le point d'arriver.

« Alors, me pressa-t-elle avec ses yeux inquiets.

– Viens, assieds-toi, dis-moi ce qui ne va pas.

– Tu as lu ?

– Oui, c'est intéressant.

– Tu es content de toi ?

– Assez.

– Et tu as tourné la page ? Tu as vu en quelle bonne compagnie tu te trouves ? »

Interdit, je murmurai : « Quelle page ? » Mais entre-temps Emma avait déjà fait ce que demandait sa mère et je vis que, juste après mon interview, il y en avait une autre, avec une photo plus grande que la mienne. Je reconnus Teresa immédiatement, tandis que Nadia lançait avec autorité : « Emma, viens voir maman, papa est très occupé. » Et elle avait tant de mal à contenir sa rage que la petite abandonna mes genoux en hâte pour courir derrière elle et son frère comme s'ils fuyaient tous les trois, enfin quatre, un tremblement de terre.

16.

Quelques jours après, Nadia mit au monde Ernesto, notre troisième enfant. L'accouchement – je l'ai dit – fut difficile, comme le fut la grossesse. J'annulai tous mes engagements et je m'efforçai d'oublier qu'à la fin de l'interview était annoncée la venue de Teresa à l'université de Rome, neuf jours plus tard exactement, à dix heures du matin, pour parler de je ne sais trop quoi. Je savais très bien que ma femme était persuadée que je mourrais d'envie de courir à sa rencontre, c'est pourquoi avant qu'elle perde les eaux je fis tout pour la rassurer, et après l'accouchement son état était tel que ni moi ni elle, je crois, ne pensâmes à cette conférence. Même si une partie de moi soupçonna par moments que toute cette douleur dans la mise au monde d'Ernesto était un artifice de son corps pour me rappeler combien l'idée que j'aille écouter les bavardages pénétrants de Teresa lui était insupportable.

Il m'était naturellement impossible de lui expliquer que j'avais peur de revoir mon ex-élève et amante, comme de lui expliquer que, précisément parce qu'à cet instant Teresa m'effrayait, j'éprouvais le besoin urgent de la rencontrer, de lui parler, de me tranquilliser. Je passai donc en revue tous les mensonges plausibles que je pouvais inventer, mais je ne parvins à en choisir aucun. Nadia et Ernesto sortirent de la clinique le jour de la conférence à l'université et je dus m'occuper d'eux, les ramener à la maison, assumer ma responsabilité de père de famille avec une vigilance permanente – bien qu'aidé par une belle-mère d'une grande efficacité venue spécialement de Pratola –, car ma femme était trop mal en point et mes deux premiers enfants regardaient de travers le troisième, qui n'était pas beau et se donnait tout juste la peine de vivre.

Compliquant encore un peu plus la situation, resurgit alors un sentiment de dégoût pour moi-même. Cela me déplut de me consacrer à Nadia et à mes trois enfants en me tourmentant parce que je perdais l'occasion de revoir Teresa, de renforcer notre relation et de me sentir en sécurité. Ce fut un supplice, mais je tins bon. Tandis que Teresa était certainement à Rome et que j'aurais pu tenter de la retrouver, je m'imposai de prendre soin de Nadia avec toute l'affection dont j'étais capable, au point que ma femme sembla s'apaiser et insista même pour que je ne renonce pas à la présentation de mon livre à Milan la semaine suivante. Je devinai qu'elle prenait sur elle, qu'elle aurait préféré que je reste à la maison, et j'étais triste de la voir souffrir. Elle souffrait dans son corps, elle souffrait en pensant à ses mille renoncements, à ses échecs, à ce qu'elle avait perdu, et à ses trois enfants qui d'un coup, après les avoir désirés, après me les avoir presque imposés, étaient devenus un poids, un poids au sens littéral d'objets lourds, comme des armoires, des rochers, des gratte-ciel entiers. Elle dit plusieurs fois : « C'est une grande douleur pour moi de ne pas pouvoir t'accompagner. » Elle s'exclama avec regret : « Qui sait quelle tenue élégante Tilde se sera trouvée ! » Elle murmura : « Comme j'aurais aimé l'entendre parler de ton livre, elle fait toujours des remarques si profondes. » Et elle en vint même à me montrer la robe et les chaussures qu'elle aurait mises pour l'occasion. Cependant, effondrée et boiteuse, elle prépara ma valise. Je partis avec un sentiment de libération.

17.

Tilde m'attendait dans sa grosse cylindrée, elle conduisit jusqu'à Milan. Elle aimait tellement conduire, cela ne semblait lui demander aucun effort, nous nous arrêtâmes juste deux ou trois fois pour prendre de l'essence, manger quelque chose et faire pipi. Sinon nous parlâmes abondamment, comme toujours à ces occasions, dans la voiture, au dîner, à l'hôtel.

Nous discutâmes de tout et, quel que soit le sujet, elle avait des formules d'une grande acuité, promptes, élégantes, et si nombreuses, débitées avec tant de naturel et de générosité qu'elles finissaient par sonner comme des évidences. Depuis un moment nous avions commencé à parler de sexe, un sujet qui lui plaisait beaucoup et qu'elle affrontait joyeusement. De bavardages en bavardages, elle ne me cachait désormais plus rien, parfois nous poursuivions nos discussions au-delà du dîner, autour d'une tisane, puis de quelques alcools forts, et, pris au jeu des mots, nous ne nous retirions dans nos chambres qu'au petit jour.

Il en fut ainsi ce premier soir à Milan. Nous arrivâmes vers vingt-deux heures, je téléphonai à la maison pour m'assurer qu'il n'y avait pas de problème et, rassuré, je courus avec Tilde au restaurant à deux pas de l'hôtel. Non contents d'avoir déjà discuté durant tout le voyage sans interruption, nous continuâmes à parler, à rire, à plaisanter. Je constatai, avant de regagner nos chambres :

« J'en sais à présent davantage sur les réactions de ton corps, tes préférences sexuelles, tes idiosyncrasies, que si nous couchions ensemble depuis cinq ans.

– Il y a toujours à apprendre.

– Quand on veut, on peut », admis-je avant de lui souhaiter une bonne nuit et de rejoindre ma chambre, épuisé.

Au bout de quelques minutes, elle frappa et me demanda sérieusement :

« Mais tu veux ?

– Quoi ?

– En savoir plus.

– Oui.

– Maintenant ? »

J'allais dire d'accord, mais je pensai à mes enfants qui dormaient dans leurs lits, à Nadia qui n'avait sans doute pas fermé l'œil, au vilain petit Ernesto.

« Tu es fatiguée, tu as beaucoup conduit, demain.

– Oui, tu as raison, repose-toi bien. »

Mais impossible de m'endormir. Je n'avais jamais trompé Nadia jusque-là, l'idée ne m'avait même pas effleuré que si j'avais voulu j'aurais pu le faire. Certes, en cette période d'épanouissement agréable de ma personne, je m'étais senti à plusieurs reprises estimé, admiré – avec Tilde, il s'agissait juste d'une continuité plus marquée –, et naturellement j'avais pensé qu'en forçant peu à peu les règles du jeu, le goût de la formule séduisante aboutirait très probablement au coït, à l'exploration fantaisiste des corps jusqu'à l'épuisement. Toutefois, je n'avais jamais éprouvé le besoin de le faire, je tenais trop à cette image de moi en train de se construire et je ne voulais pas l'entacher avec des équivoques embarrassantes, des débordements inutiles, de petits plaisirs ponctuels qui appartenaient à la vie insatisfaite d'hier, quand je trompais Teresa à la première occasion avec des jeunes filles qui ne me plaisaient même pas, quand je savais qu'elle me trompait sûrement avec tous ceux qui prétendaient la désirer. Mais avec Tilde les choses étaient allées trop loin, à tout point de vue. En outre, elle me semblait être une femme si supérieure qu'une partie de moi la sentait de plus en plus cohérente avec ma vie en acte, une sorte d'accomplissement fulgurant pour la personne que j'étais en train de devenir, mon amie, ma conseillère, mon éducatrice et donc, pourquoi pas, mon amante.

Je me levai peu de temps après comme si j'avais fait l'amour avec elle toute la nuit, éreinté et sans doute aussi vaguement déprimé. Nous petit-déjeunâmes ensemble, dans la bonne humeur habituelle, même si son savant maquillage ne parvenait pas à camoufler des marques de fatigue sur son visage, un regard inquiet. Je remontai dans ma chambre, j'appelai Nadia qui me rassura sur son état, celui d'Ernesto, sur Emma et Sergio, sur la présence vigilante de sa mère, enfin je reparus dans le hall et nous filâmes dans un lycée où m'attendait un amphithéâtre de trois cents élèves et une dizaine d'enseignants.

La matinée fut agréable, je parlai de mon livre, j'orchestrai des réponses à plein de bonnes questions. Et, à partir de là, je n'eus plus de répit. Tilde avait organisé dans la foulée un déjeuner avec un professeur renommé de l'Université catholique et avec le conseiller municipal en charge de l'éducation, de la culture et du sport. Ce fut laborieux, je craignais de dévoiler de profondes lacunes, de me montrer mal informé, de dire des choses sans épaisseur. Mais Tilde était très habile dans les relations publiques et tout se passa bien. Ensuite nous sautâmes dans un taxi et fûmes catapultés chez une vieille dame, une princesse, m'expliqua Tilde toute contente. Je m'abstins de lui dire que je ne comprenais pas pourquoi, deux cents ans après la Révolution française, on parlait encore avec admiration, avec dévotion, de princes et de princesses. Je me concentrai sur ma mission première : faire une excellente impression à Son Altesse, chose qui selon Tilde me viendrait naturellement. Elle avait raison. La vieille au sang bleu allait sur ses quatre-vingt-dix ans, mais elle était pleine de vie et d'esprit, elle avait lu mon livre précédent, elle lirait bientôt le nouveau, elle avait compté et comptait encore parmi les plus fines connaisseuses de l'œuvre de Maria Montessori. Nous échangeâmes plus de deux heures en grignotant des pâtisseries et en buvant du thé noir dans un décor fait de tapis, de meubles, de tableaux et de moulures que je n'avais vu qu'au cinéma. Elle mentionna un nombre impressionnant de célébrités, vivantes et mortes, en les appelant par leur prénom. Tilde m'aida à déchiffrer ce rébus avec des indices avisés et la noble femme se délecta à débiner tout ce beau monde en me révélant ses turpitudes, ses manèges économiques, ses perversions sexuelles, sa cruauté mêlée d'ignorance et de superficialité.

« Elle n'a jamais parlé autant avec personne ! s'exclama Tilde quand nous quittâmes enfin l'appartement, d'habitude elle expédie les ministres en cinq minutes : tu as un don, oui, tu mets les gens à l'aise. » Sa satisfaction, sa fierté à mon égard, me donnèrent un sentiment de puissance qui devint très vite un désir de la serrer, la tirer, la culbuter. « Non », dit-elle judicieusement, et elle entrelaça simplement sa main à la mienne dans l'ascenseur pour la libérer dès que nous en sortîmes. Ainsi galvanisés, nous arrivâmes avec un léger retard à la librairie où je devais à nouveau présenter mon livre. « Et s'il n'y a personne ? » lançai-je, soudain rattrapé par mes fantômes. Tilde rit, regarda autour d'elle, me pinça le flanc : « S'il n'y a personne, répliqua-t-elle avec des yeux ironiques, tant pis, c'est une belle soirée, l'air est doux, on fera une promenade ; mais tu verras, les gens vont venir. »

En effet, la petite salle fut comble et je me sentis heureux d'être là, à côté d'une femme comme elle, d'être moi enfin, le moi que je voulais être, dont mon père devait avoir rêvé avec tous mes ancêtres serfs de la glèbe, moi qui avais écrit deux livres, moi auteur réfléchi capable de détourner de leurs maisons, de leurs occupations, tant de gens cultivés, prêts à discuter pendant au moins une heure d'un sujet traditionnellement ennuyeux.

La responsable de la librairie prit la parole, puis intervint Tilde, rapide et efficace, et ce fut mon tour. Je me levai ; assis, j'avais l'impression de moins contrôler mon public, je ne m'asseyais jamais en classe non plus. Je me raclai la gorge et, une seconde avant que j'articule mon premier mot, Teresa apparut au fond de la salle. C'était ma hantise : la revoilà, je ne peux lui échapper, où que j'aille elle trouvera le moyen de me rappeler qui je suis. Et pas quand je le voudrai, mais chaque fois qu'elle le voudra. Et bien sûr elle dira ce qu'il lui plaît, comme la vieille princesse nonagénaire, même si elle est jeune et qu'elle n'a pas une goutte de sang bleu.

Profitant de l'avoir en face de moi après toutes ces années, je m'investis particulièrement. Je voulais qu'elle se sente comme quand j'étais son professeur et qu'elle était assise au fond de la classe, à côté de la fenêtre, gamine indisciplinée. Durant toute la présentation je feignis de m'adresser au public, en réalité je m'adressais à elle. Je déployai toute mon énergie, toute mon habileté, pour la convaincre que je m'étais purifié, que je méritais le respect qu'elle ne m'avait probablement jamais accordé quand j'avais été son professeur, quand j'avais été son amant. Je parlai presque une heure, je ne voulais plus m'arrêter. Mes yeux étaient rivés sur elle et, comme je ne percevais aucun signe d'approbation, pas même l'ombre d'un sourire, je me disais : Je dois continuer, je dois vaincre d'une manière ou d'une autre son éternelle hostilité, je dois l'émouvoir, la faire rire, en somme l'attendrir comme j'arrivais un temps à l'attendrir. Mais rien à faire, je ne décelai jamais cet abandon consentant que j'avais désormais appris à reconnaître même au hasard d'un public d'inconnus avec lesquels je n'échangerais plus de toute ma vie. Teresa restait immobile, un petit tableau entre deux têtes parmi ceux qui n'avaient pas trouvé de place, et je sentis sur moi en permanence son regard acéré prêt à se traduire en une phrase sarcastique. J'allais bientôt devoir conclure, la responsable de la librairie s'adresserait au public pour demander s'il y avait des questions. Teresa s'empresserait probablement de prendre la parole, elle ne se laissait jamais intimider, et qui sait ce qu'elle dirait, des railleries, un témoignage dégradant sur ma façon d'enseigner. Ah, je préférais ne pas y penser, je continuai jusqu'à ce que Tilde agite sa main pour me signifier : « Il faut conclure », et je conclus, je m'assis épuisé tandis qu'éclatait une salve d'applaudissements longue et nourrie.

« Qui est-ce ? me demanda-t-elle à l'oreille.

– Qui ?

– Tu le sais, la femme au fond à droite : tu n'as parlé qu'à elle pendant une heure.

– Mais non.

– Mais si. »

18.

Le débat commença. Au début personne ne voulait parler, les gens regardaient par terre, mal à l'aise ; n'importe quel public affiche d'abord la timidité d'une écolière. Puis un vieil enseignant au premier rang se lança et, tout de suite après, un grand nombre de mains se levèrent. Je répondis toujours posément, avec enthousiasme même, vu que, contrairement à mes prévisions, Teresa ne semblait avoir aucune intention de s'exprimer et tendait au contraire à se cacher ; assis, je ne voyais que la masse festive de ses cheveux très noirs.

La responsable de la librairie intervint au bout d'une bonne demi-heure pour dire qu'il restait juste le temps pour une dernière question. Je fixai la table avec angoisse, entendis une voix féminine qui me demandait ce que je pensais de mon parcours scolaire. Ce n'était pas Teresa, mais une lycéenne bien éduquée, probablement la meilleure de sa classe dans je ne sais quel établissement coté de la ville. Mes lunettes étaient calées sur mon front, je les fis glisser sur mon nez, danger écarté.

« Beaucoup de mal, dis-je en gardant un œil sur Teresa qui était à nouveau visible dans le fond de la salle.

– Vous ne croyez pas qu'en critiquant sa scolarité on perd en crédibilité, c'est comme de dire : je n'ai pas la formation adaptée pour occuper ce poste, pour être ministre par exemple, pour écrire des livres ou parler en public ?

– Si », et j'aurais voulu m'expliquer mieux, lister des conséquences, tirer des conclusions. Mais, une seconde après mon *si*, je vis et entendis Teresa taper fort dans ses mains, et un battement de mains entraînant les autres, tous, même la lycéenne qui m'avait interrogé, applaudirent longuement, enthousiastes, comme si à cet instant ils étaient convaincus d'avoir reçu une très mauvaise formation et qu'ils étaient heureux de pouvoir le déclarer par leurs applaudissements.

La présentation était terminée, la plupart se dirigèrent vers la sortie. Je cherchai Teresa parmi ceux qui s'attardaient, ceux qui encerclaient déjà la table pour obtenir leur dédicace. Je ne la vis pas et fus assailli par mes lecteurs. Certains qui n'avaient pas posé leur question mais l'avaient sur le bout de la langue me la posèrent là, en tête à tête. Deux dames élégantes, des jumelles apparemment, me dressèrent une liste de tous ceux qui, sans être allés à l'école ou en y ayant obtenu des résultats médiocres, avaient accompli des merveilles dans le domaine des sciences et des arts. Je continuai à ferrailler sur un ton débonnaire jusqu'à ce que Tilde me prenne le bras, remercie les derniers visiteurs et m'entraîne dehors en me murmurant à l'oreille : « Ce soir, pas de dîner officiel, on est juste toi et moi, mais d'abord je dois régler deux ou trois choses avec la librairie ; retourne à l'hôtel, on mangera un morceau là-bas. »

L'hôtel n'était pas loin. Je humai avec plaisir l'air estival de cette soirée milanaise, mes tempes battaient fort, j'étais fébrile. Je scrutai la rue discrètement, lorgnai entre les passants, les groupes d'enseignants qui prolongeaient la discussion. J'étais à la fois content et déçu que Teresa soit partie. Cette contradiction m'énerva, mais il en était ainsi, je n'avais pas envie de lui parler et pourtant cela me semblait nécessaire : si elle rentrait aux États-Unis, comme elle l'annonçait du reste dans son interview, qui sait quand nous aurions l'occasion d'échanger en tête à tête. Pour nous dire quoi, au fond ? Par écrit, on peut mesurer ses propos ; en discutant face à face, en revanche, on risque d'en dire trop, de réveiller ce qui est endormi. Je lui écrirai une autre lettre, pensai-je, c'est mieux. Et, à l'instant où je m'apaisais en m'assignant cette tâche, je l'aperçus devant un bar à l'angle de la rue, avec des amis ou des gens rencontrés à la présentation, que des hommes.

Appelle-la, me dis-je, mais je renonçai aussitôt. Elle m'aurait exécuté d'un commentaire ironique sur mon intervention, histoire de faire rire sa petite cour de prétendants ou de collègues traînés de force pour venir écouter mes idioties. Des scientifiques aussi, sans doute, américains ou d'autres nationalités, Teresa parlait plusieurs langues, je ne connaissais que le latin, le grec et le napolitain. Elle était tellement à l'aise, il suffisait de la regarder, silhouette élancée, jean et chemisier, jeune, passionnée. Je la regardai et relativisai instantanément mon modeste succès de ces dernières années, j'étais un homme qui n'avait pas l'œil suffisamment exercé pour s'aventurer au-delà de la flaque d'eau italienne, qui pataugeait dans la rigole de la périphérie romaine. Rien à voir avec elle, là, à l'autre bout de la rue, scientifique polyglotte de renommée internationale, l'élève qui avait dépassé le maître, maître de quoi du reste, j'ignorais tout des disciplines dans lesquelles elle brillait. Je criai : « Ciao, Teresa ! », et m'éloignai en allongeant le pas, tête baissée, le bras droit levé qui oscillait légèrement en signe d'adieu.

Mais, au bout de quelques minutes, j'entendis un piétinement, je n'eus pas le temps de me retourner qu'elle me prit le bras.

« Tu t'enfuis ? Tu as rendez-vous avec cette jolie dame qui contrôle chacun de tes mots ?

– Je ne veux pas te déranger.

– Eh bien moi, oui. »

Elle ne tarda pas à se moquer de moi – quelle fougue, quelle passion, un peu trop, de là où j'étais tu ressemblais à un gros chien qui fait la fête à son maître –, puis elle me poussa dans un bar et, quand elle lâcha mon bras, je sentis l'étoffe de ma veste se refroidir, je perdais déjà la chaleur qu'elle m'avait transmise. « Mis à nu, nous sommes tous des chiens », répliquai-je en riant et en regardant ma montre avec amertume : « Deux minutes, Teresa, désolé, j'ai une obligation. » Elle fit semblant de ne pas entendre, choisit une table, s'assit et se mit à citer mes lettres, les informations que je lui avais données sur Nadia, les enfants, mais comme si je lui avais menti et qu'elle devait à présent chercher la vérité entre les lignes. Je regardai à nouveau ma montre et fis signe au serveur, tandis qu'elle énonçait avec ironie ce qu'elle avait déduit de mon courrier : Nadia était mon esclave, la victime contre laquelle je m'acharnais en essayant de paraître plein d'attentions, la femme dont je suçais la moelle pour me renforcer et parader en jouant les hommes brillants devant des femmes ennemies des autres femmes ; quant aux enfants, elle me les dépeignit maigrelets, d'une tendresse contrainte par la peur que je leur inspirais : à leurs yeux j'étais presque un étranger, absent même quand je rentrais à la maison, la tête remplie seulement de mes propres préoccupations, un gorille sans affect toujours en chasse, même s'il ne chasse pas. « Tu n'as pas changé, dis-je en imitant son ton amusé, tu te plais à démolir la vie des autres, et surtout la mienne. » Alors elle s'exclama, faussement désolée : « Tu vois, tu es vexé, mais je plaisantais, tu as très bien parlé à la librairie, tu es le meilleur des hommes, un bon mari et un père honnête, je reprenais juste un de tes cours ! » Elle m'en fit le résumé. « J'étais tellement bouleversée, enchaîna-t-elle. Vous, les profs, vous devriez peser chaque mot au lieu de nous inonder aveuglément de bavardages. » J'avais dit : « Il n'est rien d'humain qui ne puisse être ramené à un cri de gorille, un *grrr*, un *ouah*, un *hou hou hou* ; tout, même la poésie, les portails rouillés de l'aube, les soleils qui heurtent les cils effilés, est grognement. » Elle fit un geste avec ses doigts, probablement la parodie d'un de mes gestes de professeur, puis elle conclut : « Tu vois comme je me souviens de toutes tes paroles ? »

En effet, elle avait quelques bons restes. Elle venait de citer, à ma grande surprise, des vers d'Andrea Zanzotto que je lui avais fait lire à l'époque, des vers que j'aimais, je les récitais encore à mes élèves, et je frémis d'orgueil en découvrant qu'elle les avait gardés en mémoire. Je faisais donc partie intégrante de sa formation, flatté d'avoir contribué à la façonner telle qu'elle était. Je baissai la garde, je lui expliquai que je n'étais pas vexé du tout, que j'étais heureux d'être un gorille, que je me trouvais dans une phase où les *grrr*, *ouah*, *hou hou hou* me convenaient bien, mais que j'avais vraiment très peu de temps, un engagement est un engagement, je ne suis pas un goujat.

Cette fermeté la rendit soudain glaciale, ses yeux se figèrent : « D'accord, va-t'en, je vais bien, tu vas bien, tes discours sont plus séduisants qu'avant, ton foyer est plus épanoui que la Sainte Famille, nous sommes tous les deux devenus tellement intéressants qu'on parle de nous dans les journaux, bises et à bientôt. » Elle fit mine de se lever et, même si je savais que c'était une feinte, je saisis promptement son poignet pour la retenir, lui souris et murmurai : « C'est long, deux minutes, laissons-les passer. » Je commandai deux bières, je savais qu'elle aimait la bière, je choisis sa préférée. Elle se rassit et dit, sérieuse comme rarement elle l'était :

« Tu veux gaspiller le peu de temps qu'on a à disposition ou tu préfères aller droit au but ?

– Quel but ?

– Si tu ne m'as pas oubliée, si tu m'écris de longues lettres – comment vas-tu, c'est comment l'Amérique, où vis-tu, as-tu un fiancé, es-tu mariée, es-tu mère, que fais-tu –, c'est pour une raison que tu n'as pas le courage d'exprimer clairement.

– La raison est très claire : je tiens à toi.

– Non, la raison est que tu veux savoir si je suis et serai toujours la fidèle gardienne de tes confidences. »

Je secouai la tête énergiquement.

« Je n'ai jamais douté de toi.

– Menteur.

– C'est vrai. À la limite, je crains un de tes moments de distraction. On est dans une période positive de nos vies, et je ne voudrais pas qu'à cause d'une bêtise, d'un coup de tête, d'une plaisanterie stupide, on se fasse du mal.

– Tu vois que tu es inquiet ! »

Je secouai à nouveau la tête en arborant l'air de l'incompris. Teresa fit alors un geste qui, durant toutes les années de notre relation, avait été non pas rare mais unique, un geste d'affection gratuit : elle tendit le bras et effleura le dos de ma main de ses doigts pâles. Puis elle admit qu'à notre manière, avec des excès parfois cruels, nous nous étions beaucoup aimés. Elle dit : « Maintenant que le temps a passé, je le sais parfaitement, et quand je me sens seule, à l'autre bout du monde, il m'arrive même de croire que nous nous aimons encore ; bien sûr, vivre ensemble n'a pas été possible, en outre je soupçonne que l'effort de rester en couple ait altéré par le passé notre nature et qu'il l'altérerait autant, si nous nous fréquentions aujourd'hui. Mais, séparés, nous pouvons être un couple solide.

– Un couple ? Toi et moi ? »

Elle but le fond de sa bière, puis planta ses yeux brillants d'ironie dans les miens.

« Bien sûr : je serai ton ange gardien et toi le mien, pour la vie.

– C'est-à-dire ?

– Marions-nous. Faisons une sorte de mariage ni religieux ni civil, mais, comment l'appeler, éthique. Si l'un de nous s'égare, l'autre a le droit de dire à n'importe qui : "Laisse-moi t'expliquer qui est vraiment cet homme, qui est vraiment cette femme." »

Je la regardai perplexe. Elle plaisantait ou elle était sérieuse ? Elle me proposait une surveillance à distance, un surmoi ultra-exigeant qui pour les cinquante prochaines années me parlerait avec sa voix et *vice versa* ? Quelle fille fantaisiste, dommage de ne pas arriver à la supporter plus d'une heure. Elle avait un cerveau qui absorbait tout, excellant dans les matières scientifiques et littéraires, le besoin d'une vie tendue, un fil d'acier vibrant et coupant contre la peau. Quel courage, quelle audace : aujourd'hui la plupart des jeunes filles sont ainsi, à l'époque ce n'était pas le cas, Teresa avait été un éclat de futur échappé de la banlieue romaine. Elle avait dit adieu à ses parents, à sa famille et à ses amis, à ses montagnes, à moi surtout. Elle avait quitté l'Italie, elle avait voyagé à bord d'avions dans lesquels je n'étais jamais monté, elle avait découvert des mondes, des coutumes et des langues ignorés, elle avait affronté toutes sortes d'épreuves, se heurtant à des hommes et à des femmes d'une banale méchanceté, et cependant rien ne l'avait arrêtée, elle avait fait toujours mieux, elle s'était tout approprié.

Je ne répliquai pas, j'émis juste un petit rire, presque silencieux, et la laissai broder autour de la demande en mariage qu'elle venait de me faire. Elle utilisait à présent le ton que je lui connaissais le mieux, chaque phrase oscillant entre séduction et moquerie cinglante, une voix ironique, sans filtre, toujours à l'orée du sarcasme. Les deux minutes s'étaient dilatées, je commençai à me sentir bien dans ce bar avec elle et une deuxième bière. Je ne pensai plus à Tilde, au rendez-vous téléphonique avec ma femme et mes enfants. Teresa se mit à me taquiner, un regard lui avait suffi du fond de la librairie pour comprendre ce qui couvait entre Tilde et moi, ce qui allait se passer ce soir-là. « Quelle robe élégante elle a, Madame Tape-à-l'œil, disait-elle. Sais-tu combien de temps cette reine affriolante passe devant le miroir à se maquiller, à sautiller dans une salle de gym, à se tartiner de crèmes que personne ne peut s'acheter à moins de dévaliser une banque ? En une journée, elle consomme ce dont je profiterais pendant une vie entière. Mais je te comprends, ces dames savent s'amuser. Sous sa robe tu trouveras de la dentelle raffinée, les effluves d'un parfum délicat, pas le moindre bourrelet sur le ventre, pas de cellulite, une agilité propre à satisfaire tes fantasmes les plus audacieux. Attention toutefois, te la taper est une erreur. Si maintenant – imaginons – tu cours te glisser dans son lit, tu humilies ta femme. Et alors tu as deux possibilités. La première : tu rentres chez toi, tu parles à la pauvre Nadia, tu lui dis les choses habituelles : "Je me suis laissé emporter par le désir, pardon, cela n'arrivera plus." Tu les dis avec des phrases de regret sincères, avec ta fameuse élégance verbale, tu changes en belles formules cadencées tes grognements de gorille, *hou hou hou.* »

Je l'interrompis avec le ton de celui qui est entré dans le jeu par pure distraction :

« Je t'arrête tout de suite : Nadia me chasserait de la maison et je ne verrais plus jamais mes enfants.

– Alors ?

– Alors je ne dis rien. Et si les choses se compliquent, je mens. Quelle est la seconde possibilité ?

– D'une manière ou d'une autre, j'apprends que tu as trompé ta femme.

– Ah, et puis ?

– Et je me sens trahie dans notre mariage éthique, donc autorisée à raconter les horreurs que je sais sur toi.

– En clair, soit je dis tout à Nadia, soit je renonce à cette femme ?

– Oui. »

Je ris, cette fois avec un amusement nerveux et affiché.

« Très bien, je renonce. »

Teresa caressa à nouveau ma main.

« Bravo : avec ce comportement, tu vas devenir l'homme le plus gentil du monde.

– Toi aussi, vu qu'à ton premier faux pas tu risques exactement ce que je risque moi.

– Pas de problème, je suis déjà gentille. »

Nous nous quittâmes vers vingt-trois heures comme de vieux compagnons d'armes réunis après maintes expériences sur différents fronts de guerre et qui ont exorcisé leur terrible passé en se racontant des histoires de caserne.

19.

Je filai vers l'hôtel à grands pas, les mains dans les poches ; me justifier auprès de Tilde s'annonçait difficile. Mais elle ne dormait sans doute pas et je la désirais, je l'avais désirée toute la journée, sans pouvoir dire s'il s'agissait de mon propre désir autonome ou celui dérivé de la certitude qu'elle m'attendait. Les menaces joueuses de Teresa ne m'avaient pas dissuadé. Désirer une femme, même en étant marié, n'est pas un mal. Teresa avait juste jonglé un peu avec les mots, elle avait utilisé le petit adultère sur le point de s'accomplir après des années de fidélité comme un exemple, pour discuter. Au fond, qu'avait-elle voulu me suggérer ? Elle avait voulu me suggérer que, à cause de nos confidences, nous tendions elle et moi à nous considérer comme méchants. Or le nouveau cours de nos vies disait exactement le contraire : dans ce monde terrible, nous étions les gentils. Sauf qu'à la différence des autres gentils, nous savions que nous pouvions devenir méchants, nous le savions si bien que, par une honnêteté innée, nous nous étions nous-mêmes rangés dans la catégorie des méchants et croyions à présent que notre bonté était une fiction. Cependant, nous ne faisions pas semblant, nous étions vraiment bons, des bons qui à l'occasion pouvaient faire le mal parce que la vie est sans pitié et s'y exposer est un risque permanent. En outre, le mal que nous pouvions faire, nous, gentils, n'était pas grand-chose, mon Dieu, comparé à celui dont sont capables les méchants. Certes, le mal reste le mal. Pourtant, le simple fait d'assumer une proposition de ce type – le mal c'est le mal, aucune excuse – ne signifiait-il pas que nous évoluions dans le système de la bonté ? Il fallait aspirer à l'inflexible et glaciale perfection pour se sentir méchant au premier écart. Mais devenir adulte – me dis-je –, c'est renoncer à être parfait. Alors oui, le mariage éthique, un bel échange affectueux, un jeu plaisant. Seulement moi, maintenant, je voulais à tout prix conclure la soirée en effeuillant lentement Tilde. Je sentais déjà glisser sous mes mains les étoffes tièdes et un peu humides, portant encore les empreintes du fer à repasser brûlant.

J'entrai dans l'hôtel haletant, elle était dans le hall, assise les jambes croisées dans un fauteuil au cadre doré, elle lisait quelques pages des épreuves qu'elle emportait toujours partout.

« Ta femme a téléphoné deux fois. Comme ils lui ont dit que tu n'étais pas rentré, la troisième fois elle m'a demandée.

– Excuse-moi, ils ne m'ont pas lâché.

– C'est avec elle que tu dois t'expliquer, pas avec moi. Je lui ai dit que le débat s'était prolongé après la fermeture de la librairie.

– Je l'appelle.

– Je t'attends.

– Tu as dîné ?

– Il y a une heure. Et toi ?

– Non.

– Je te commande un sandwich ?

– Merci. »

Je courus téléphoner à Nadia, elle me répondit avec la voix qu'elle avait quand parfois je la tirais de son sommeil.

« Pourquoi tu m'as appelée, il est quelle heure ?

– Vingt-trois heures dix.

– Tu sais qu'à cette heure-là je dors.

– Je voulais te dire que tout s'est bien passé.

– Je sais, j'ai eu Tilde. Comment se fait-il que tu rentres si tard ?

– Des enseignants ont voulu poursuivre la discussion et m'ont traîné dans un bar à côté de la librairie.

– Tu es fatigué ?

– Un peu.

– Va te coucher.

– Les enfants ?
– Tout va bien.
– Bonne nuit.
– Bonne nuit. »

Je rejoignis Tilde soulagé, Nadia m'avait semblé sereine. Je dévorai mon sandwich, bus encore une bière, plaisantai avec elle, et elle avec moi.

« Tu as fini ?
– Oui. »

Nous abandonnâmes les fauteuils au cadre doré et nous nous dirigeâmes vers l'ascenseur, en parlant cette fois du manuscrit que Tilde était en train de lire. Elle pressa le bouton du quatrième étage, ma chambre était au troisième. Nous continuâmes à discuter du manuscrit comme si c'était le seul sujet qui nous tenait vraiment à cœur. Elle sortit de l'ascenseur, je la suivis. Elle chercha sa clé, je lançai quelques vagues idées pour tenter d'enrichir ce texte au cas où elle déciderait de le publier. Elle ouvrit la porte de sa chambre, entra, j'entrai après elle en laissant la porte ouverte. Elle se tourna, posa son sac sur une chaise et dit :

« Tu ne fermes pas ? »

Je me souviens parfaitement de l'éternité qui suivit cette question. Je sentis soudain que je n'avais aucune réelle obligation d'étreindre cette femme, de la caresser, de pénétrer son corps de différentes façons malgré la journée éprouvante, les paupières lourdes. Je fermai la porte, elle dit :

« Je passe à la salle de bains. »

Elle disparut dans un mouvement gracieux, presque sur la pointe des pieds. Seul, je regardai autour de moi, la chambre était identique à la mienne, au troisième étage. J'entendis l'eau couler. Le désir était là, oui, mais pas l'obligation : rien ni personne ne m'imposait de tirer du plaisir du corps de Tilde et de dormir dans ce lit avec elle. Il s'agissait simplement de décider : couper les fils que nous avions tissés imperceptiblement depuis bien longtemps, sans doute à partir de la fois où elle avait goûté le morceau de gâteau qui se trouvait entre mes doigts au cours d'un petit déjeuner consommé dans une ville et un hôtel désormais oubliés ; ou achever le tableau dans lequel nous nous étions inscrits avec des couleurs toujours plus étudiées ? Je me demandai pourquoi j'étais dans cette chambre et pas dans la mienne, pourquoi cette femme mariée, mère, très belle, m'avait accueilli dans cet espace et à présent – qui sait – se lavait les dents, se préparait pour moi et pour la nuit. Je me dis que tout cela se produisait parce qu'elle m'imaginait comme de fait je n'étais pas, comme j'aurais voulu être en réalité depuis toujours et comme j'avais commencé à me sentir vraiment ces dernières années. Et je pensai que si je voulais conserver l'affection, l'estime, le désir même de Tilde à mon égard, je devais me montrer cohérent avec la personne qui avait ébranlé sa sensibilité, son intelligence. Tilde sortit de la salle de bains, elle était pieds nus, vêtue d'une simple combinaison bleue. Je pris sa main gauche, l'embrassai avec dévotion, passai ma langue sur sa paume au parfum et au goût de crème pour le corps. Je lui dis :

« Tu es très belle et je te désire profondément, mais je dois m'arrêter. Que se passera-t-il après cette nuit ? On fait l'amour, et puis quoi ? Non, je ne suis pas capable de trahir ma femme, je tiens à elle, je tiens à mes enfants. J'ai pensé que je pouvais, mais je n'y arrive pas, ce n'est pas moi, c'est comme ça. »

Je prononçai cette dernière phrase avec la fierté naturelle de l'homme honnête. Tilde retira brusquement sa main et me gifla avec force de l'autre, mes lunettes volèrent et finirent sur le lit. Je touchai ma joue, les larmes me montèrent aux yeux, alors je me dérobai à son regard furieux avec l'excuse de devoir remettre mes lunettes.

« Bonne nuit, dis-je.

– Attends, murmura-t-elle, excuse-moi. C'était une réaction stupide, j'ai eu tort, viens.

– Non, murmurai-je à mon tour, c'est entièrement ma faute. On se voit au petit déjeuner, à huit heures ?

– Oui. »

Je sortis, pris les escaliers pour rejoindre le troisième étage et ma chambre. Ma joue me faisait mal, mais je n'avais pas perdu l'équilibre, je n'étais pas tombé, au contraire, je me sentais léger. Tout ce qui paraissait solide avait en réalité la consistance de l'air qui soutenait mon poids, comme un avion avec un plan de vol enfin clair. J'étais content.

20.

Je fais remonter à cette nuit milanaise le début de ma nouvelle vie, même si je considère depuis longtemps comme un leurre l'idée qu'il existe une date de début ou de fin. Dès le lendemain matin, les choses se passèrent étonnamment bien. Tilde et moi petit-déjeunâmes ensemble avec un bonheur sincère, comme si la veille, redoutant une maladie mortelle, nous nous étions soumis à un examen médical décisif et que, notre corps s'étant révélé tout à fait sain, nous nous sentions soudain fièrement vivants.

Durant le voyage du retour, nous réussîmes à parler de ce qui nous était arrivé, et à en rire. À un moment donné cependant, tandis qu'elle conduisait, je devins grave, j'effleurai avec mon index le bord de sa robe – une frontière qui courait à faible distance de ses genoux très fins –, et je cherchai les mots pour décrire une impression qui me restait en tête depuis que nous nous étions enfermés dans la voiture. « Si nous avions fait l'amour, dis-je, mon doigt, maintenant, ne sentirait rien de ce que peut lui procurer ce bout de tissu. » Elle en convint et nous imaginâmes alors toutes les sensations que nous aurions à jamais perdues, si au cours de cette nuit nous avions exploré chaque millimètre de nos corps jusqu'à nous rendre aveugles aux détails. Dresser cette liste nous amusa et il y eut juste un moment douloureux quand Tilde, tandis que je parlais du dessin de sa petite oreille au lobe presque inexistant, bien collée à sa nuque, s'exclama :

« Quels enfantillages !

– Tu n'as plus envie de rire ? »

Elle secoua la tête.

« Si, si, continue. Mais maintenant je sais que la dernière chose que j'aurais voulu faire avec toi était bien l'amour.

– Que voulais-tu faire, alors ?

– Je ne peux pas te l'expliquer sans me montrer ridicule. »

Elle prononça cette phrase avec une grimace, d'autant plus surprenante que quelques secondes plus tôt elle riait. J'hésitai, tenté de dire : « Bon, montre-toi ridicule », mais je m'abstins, car me revint à l'esprit une phrase très similaire que Teresa m'avait criée plusieurs années auparavant lors d'une de nos disputes. Nous étions dans l'appartement de San Lorenzo. Elle essayait de m'expliquer quelque chose en lien avec son besoin d'amour, j'avais réduit ce besoin à une trivialité sarcastique et elle, qui était pourtant folle de plaisir chaque fois que nous faisions l'amour, avait scandé : « Ah, tu crois vraiment que je reste avec toi pour ce machin ridicule qui pend entre tes jambes ? » Puis, de rage, elle s'était mise à casser des objets en criant qu'on ne pouvait pas discuter avec moi, que je donnais l'impression de tout comprendre, tout, même les sentiments les plus flous, même les pensées les plus inexprimables, et qu'en réalité j'étais le plus borné des hommes, que je brisais les os et tranchais la gorge à ceux qui finissaient au-dessus ou en dessous de moi, que j'étais un piège, un de ces pièges bien cachés. Voilà, sur ces mots, elle s'était interrompue avec un râle de poitrine, elle était devenue bleue comme les enfants désespérés qui n'arrivent plus à respirer, et j'avais crié alarmé : « Teresa, je t'en prie, Teresa, qu'est-ce que tu as ? », jusqu'à ce qu'elle retrouve son souffle.

Tilde m'épia un instant du coin de l'œil. Elle attendait que je dise quelque chose, mais elle dut se rendre compte que je m'étais perdu dans qui sait quelles pensées et murmura presque pour elle-même : « Je vais m'arrêter cinq minutes. » Peu après elle se gara devant un Autogrill, disparut aux toilettes, j'y courus aussi. Quand nous nous retrouvâmes, elle me prit la main avec une expression très concentrée, m'entraîna sur un coin de pelouse à quelques pas et me demanda : « Je peux dormir un moment près de toi ? » Elle s'agenouilla, puis s'allongea. Je regardai autour de moi, embarrassé, avant de m'étendre à côté d'elle ; Tilde, en revanche, se cala sans hésiter la tête sur mon épaule. Une bonne odeur d'herbe fraîchement coupée rivalisait avec les effluves d'essence. Je ne fermai pas les yeux, elle dormit presque une demi-heure blottie contre mon flanc, un bras en travers de ma poitrine. En se réveillant – brusquement, les yeux hagards –, elle dit : « Je me sens mieux maintenant », et nous poursuivîmes notre voyage vers Rome, jusqu'au pied de chez moi, en bavardant de tout et de rien comme d'habitude. Nous nous saluâmes en nous promettant de rester amis pour toujours. Elle ajouta juste ironiquement : « Avec moi, tu peux avoir confiance, mais avec cette femme qui était au fond de la salle, je te conseille de faire attention. » Enfin elle me cria, en redémarrant, d'embrasser Nadia et les enfants.

En effet, je dois dire que j'avais hâte de retrouver ma femme. J'entrai dans l'appartement sur mes gardes, j'espérais que mon désir pour Tilde ne filtrerait pas dans un regard fuyant, un embarras que Nadia, avec son flair d'épouse inquiète, saurait déceler. Mais minuit approchait, elle dormait. Elle bredouilla quelque chose dans son sommeil sans se rendre compte que j'étais rentré.

21.

Le lendemain, puis d'une manière de plus en plus évidente au cours des semaines suivantes, je vis ma femme de bonne humeur, affectueuse même, comme elle ne l'avait pas été depuis longtemps. Au début je m'inquiétai, pensant qu'elle voulait un autre enfant. Mais il me sembla vite clair qu'elle avait tourné la page sur une phase de sa vie, qu'elle voulait faire une pause pour profiter pleinement de ce qu'elle avait. Elle commença à parler de l'université comme d'un lieu reculé, hanté par des serpents de feu et des scorpions, et à évoquer le lycée comme son cadre de travail définitif. Elle le faisait sans aigreur visible, au contraire, elle devenait au fil des jours de plus en plus habile dans l'art de conjuguer sans effort apparent l'enseignement et ses obligations envers les enfants. Je dus ainsi prendre acte que la jeune Nadia s'était éteinte, que j'avais à présent à la maison et dans mon lit une femme équilibrée, professeure de mathématiques appréciée, mère attentive de trois enfants, épouse qui, après une longue phase de déclin, prenait à nouveau soin d'elle pour ne pas détonner à côté d'un mari à la discrète renommée.

Ce revirement me tranquillisa. Si Nadia allait bien, Emma, Sergio et même le frêle Ernesto allaient bien, donc j'allais encore mieux. Je pouvais enseigner, étudier, présenter mes livres, collaborer avec des revues et des quotidiens, échapper à l'inquiétude de causer ou d'aggraver par distraction des failles dans notre cellule familiale au moment précis où je m'efforçais de rendre cohérente, et si possible invulnérable, mon image publique. Nadia était là, elle s'occupait de tout, en particulier de moi, et elle était heureuse de le faire.

Je ne me demandai pas ce qui l'avait si agréablement transformée, non par désintérêt, mais par prudence. Elle suivait à présent avec sympathie mes aventures de petit intellectuel qui ne perdait pas une occasion de réfléchir sur le rôle crucial de l'enseignement, et elle me rapportait souvent fièrement que ses collègues, ses amies de Pratola Peligna, les amis de ses parents, lui avaient dit du bien d'un de mes livres ou, que sais-je, d'un article à peine publié. Toutefois, j'avais remarqué que si je me complaisais dans ces flatteries – même avec autodérision –, cette sympathie, cette fierté disparaissaient au profit de sourires forcés, d'urgences. J'en vins carrément à soupçonner que certains accès de mélancolie, certaines dépressions passagères, étaient le pendant de l'irritation que lui inspiraient les récits de mes succès. Un samedi matin, je lui lus à voix haute la lettre d'un universitaire alors très connu qui encensait mon intervention dans un quotidien. Nadia esquissa un demi-sourire :

« C'est sûrement un ami du professeur.

– Possible.

– Sûrement, tu oublies parfois tout ce que tu lui dois. »

Je hasardai :

« C'est moi qui ai écrit l'article, pas lui.

– Oui, mais il y a beaucoup de gens brillants.

– Tu veux dire que si tu me lisais dans les journaux indépendamment de l'autorité de Stefano Itrò, tu ne m'apprécierais pas ?

– Bien sûr que si. Mais es-tu sûr que sans ce soutien tu écrirais dans les journaux ? »

J'admis que je n'en étais pas sûr. Je le fis pour ma tranquillité, je ne voulais pas de conflit avec elle, j'avais des journées intenses. Notre appartement était très fréquenté, des étudiants et des enseignants venaient même d'autres villes me raconter leurs expériences pédagogiques ; se présentaient également des personnes qui travaillaient pour des revues et des maisons d'édition spécialisées, qui voulaient discuter, proposer des initiatives, m'utiliser pour ceci ou cela. Nadia devenait hostile, en particulier avec les visiteuses : « Il faut qu'on déménage, c'est trop petit ici, les enfants ne savent pas où jouer et j'ai besoin d'un espace à moi, j'ai l'impression de vivre dans un hall de gare. » Je ne pouvais pas refuser d'accueillir les gens avec des phrases du type : « Ne me rendez pas visite, ma femme est un peu sauvage, surtout avec les jeunes filles délurées et les enseignantes brillantes et inspirées. » Je répondais : « Tu as raison, à la prochaine rentrée d'argent on fera le bilan et on déménagera. »

L'argent rentrait, en effet, et je faisais vraiment le bilan, je lui serinais les chiffres pour souligner euphoriquement combien notre compte en banque fleurissait. Mais ce sujet précisément nous valut un autre épisode de tension. Un soir, après le dîner, je lui parlai fièrement d'une somme d'argent que les livres venaient de me rapporter. J'employai la tournure « J'ai gagné », première personne du singulier, passé composé. Elle, qui après avoir débarrassé repassait ma chemise – je partais le lendemain, j'étais toujours sur le départ –, me corrigea sans lever les yeux de la table à repasser :

« *Nous* avons gagné. Sans moi, tu n'aurais pas écrit une ligne. »

Je m'empressai d'ajouter :

« Oui, tu m'as épaulé, ta présence s'est révélée fondamentale.

– Pas ma présence, quelle présence, je parle de mon temps. Dans les choses que tu écris, dans tes tournées, ton succès, ta toilette, les compliments que tu reçois et les festivités auxquelles tu te rends, il y a une bonne partie de mon temps.

– Évidemment, Bertolt Brecht : “À chaque page une victoire./Qui cuisinait les festins[1] ?”

– Cuisiner, c'est rien, il suffirait d'un salaire de cuisinière. Tu me dois beaucoup plus. »

Je la regardai, perplexe. Elle était debout, dans la cuisine, elle promenait le fer d'avant en arrière les yeux baissés, semblant surtout préoccupée par le risque de faire de faux plis.

« Tu as raison, désamorçai-je, pardon : nous avons gagné. »

22.

Je commençai à me sentir davantage marié à Teresa qu'à Nadia. Mais je m'exprime mal, je devrais peut-être simplement dire que ma femme de tous les jours me convenait moins que cette femme d'outre-Atlantique dont les irruptions étaient chaque fois un tourbillon excitant de possible salut et de ruine probable. Bref, cette nouvelle institution que Teresa avait inventée en la baptisant ironiquement « mariage éthique » semblait fonctionner. D'autant plus que, à ma grande surprise, elle se mit à m'écrire spontanément, pas à mon adresse personnelle, mais au lycée. Des lettres courtes d'abord, affectueuses, une par semaine, qui

1. Bertolt Brecht, « Questions que se pose un ouvrier qui lit », dans *Histoires d'almanach*, traduction de Ruth Ballangé et Maurice Regnaut, L'Arche éditeur, Montreuil, 1983.

pouvaient abruptement se réduire en substance à un simple : « Comment ça va ? » Je les lisais et les relisais toutefois, stupéfait de cette volte-face, et quand je lui répondais, je remplissais au moins deux pages en accueillant avec enthousiasme ou en rejetant prudemment ce que je croyais deviner entre les lignes.

Cet échange épistolaire devint vite une habitude. Elle me parlait d'elle succinctement – ses conflits au travail, ses revenus insuffisants, ses aventures de quelques semaines, les énormes cafards de Boston qu'elle trouvait jusque sous les draps ou dans le couloir en se levant la nuit pour aller aux toilettes – et je lui parlais de moi amplement, demandant souvent conseil pour telle ou telle situation inconfortable, pour tel ou tel événement que je considérais comme un grand pas en avant.

Je ne sais pas si ce fut l'assiduité épistolaire de Teresa qui me transforma ultérieurement. En effet, si malgré son fort caractère elle finissait par admettre de temps en temps, avec des fléchissements douceâtres d'une demi-phrase maximum, que cette correspondance lui faisait du bien, pourquoi ne pas au moins supposer que oui, notre pacte matrimonial fonctionnait ? Je la sentais de plus en plus proche, dans ces lettres, même si le ton restait très souvent sarcastique : « Bravo ! Qui l'eût cru, l'homme le plus égocentrique, le moins sensible que je connaisse, est en train de briser sa carapace, de s'adoucir ? »

Elle exagérait, évidemment, j'avais toujours eu une flexibilité naturelle. Mais, après Milan, cette dernière évolua, prit la forme d'une bonne disposition générale qui – découvris-je – était extrêmement fructueuse. Avec mes élèves, par exemple, j'inaugurai une pédagogie de l'affection plus explicite, en montrant une attention prévenante envers les plus fragiles, les plus rebelles, ceux qui semblaient moins doués. Avec mes collègues, je redoublai de courtoisie et de gentillesse, j'aidai ceux qui, pour une raison ou pour une autre, étaient marginalisés. Je commençai même à trouver mon beau-père intéressant – le vieux proviseur pédant qui s'obstinait à m'apprendre comment vivre dans le monde quand du monde, ayant toujours vécu en province, il ne savait rien –, au point que ma belle-mère dit un jour à sa fille : « Qu'est-ce qui lui arrive, à ton mari, ça ne l'enquiquine pas que papa lui tienne la jambe ? » C'était ça le mieux : personne ne m'enquiquinait plus, en particulier les enquiquineurs. Plus le temps passait, plus je me prêtais à n'importe quel bavardage, trouvant dans tous les cas quelque chose à apprendre, à suggérer.

Mon enjouement grandit aussi – je l'appellerais provisoirement ainsi –, c'était une exultation modeste, un bonheur discret avec lequel j'affrontais tous les débats publics. Je savais désormais que j'étais habile avec les mots, mais je n'avais plus la hantise de me le prouver. Quand les autres parlaient, j'évitais de manifester de l'impatience. J'écoutais plutôt avec une bienveillance sincère l'ensemble des interventions et, à ces occasions également, je sentais jaillir en moi une sympathie pour les plus agressifs, les plus odieux. Je ne perdais pas une syllabe de leurs diatribes, je leur trouvais davantage d'épaisseur qu'aux personnes agréables. Je les écoutais avec une expression qui, attention, n'était pas une forme d'assentiment, non, mais de compréhension, et caractérisée par un son indistinct, difficile à écrire ici, un *e* qui ressemblait à un *u*. Quand le silence tombait et que c'était à moi de parler, je regardais tranquillement mes notes, traçais une dernière fois dans l'air ce gribouillage sonore, puis entamais un discours critique toujours apaisé, sur un ton bonhomme qui plaisait au public.

Une fois, j'écrivis à Teresa et me moquai d'elle : « Les deux heures passées dans ce bar milanais m'ont illuminé ; tout mon corps, à nouveau près du tien, a tiré les conclusions de notre vie commune tourmentée, quand je te supportais un peu moins chaque jour, et il a compris – il a senti – que la compréhension bienveillante est le seul moyen d'affronter les personnes insupportables. » Comme ça, avec une solennité feinte. Évidemment elle sortit de ses gonds, me couvrit d'insultes : « C'est toi qui as été et qui es insupportable, imbécile, et mesquin et faux et cruel avec tes petites phrases qui déversent sur moi une méchanceté qui est tienne, seulement tienne. » Enfin, elle conclut que soit je m'excusais pour ce que je lui avais écrit, soit elle coupait définitivement les ponts, avec toutes les conséquences que cela impliquait.

Cette réponse m'attrista. Teresa, malgré les années et sa réussite, restait susceptible comme elle l'était jeune fille. Elle lisait dans mon ironie une volonté de lui faire mal, ce qui n'était pas le cas, à mes yeux du moins, et si je le lui expliquais, elle s'énervait encore plus, elle devenait injuste et convaincue d'être dans le juste. Je m'empressai de lui demander pardon, j'ajoutai que parfois je ne me rendais pas compte de ce que je disais. Tu me blâmes et moi, tu vois, je me corrige, j'apprends. Je la suppliai de continuer à m'écrire, à me corriger. Si avec elle je m'égarais parfois, grâce à elle, dans cette correspondance et dans la vie de tous les jours, je ne m'égarais désormais plus.

23.

C'était vraiment ainsi. Au début, je dois l'admettre, j'eus l'impression d'imiter quelqu'un d'autre : un personnage de roman ou un héros de cinéma sorti de ma mémoire ; ou une personne réelle que j'avais croisée enfant et qui m'avait marqué. Au bout d'un moment cependant – fait nouveau dans ma vie –, j'arrivai à me dire : Non, à quarante ans, enfin, cette sensibilité et cette intelligence m'appartiennent.

J'y arrivai un soir en particulier, dans le quartier où se trouvait mon lycée, au sein d'une petite salle morne. Ce fut un épisode décisif. On m'avait invité toujours pour le même débat, mais je sentis à peine entré que la situation allait se compliquer : les organisateurs m'accueillirent avec hostilité, et surtout, à la table à côté de moi, était assis l'individu aux lèvres très fines qui avait quelque temps plus tôt fustigé mon premier livre en une formule lapidaire avant de se lever et de s'en aller.

Je le reconnus avec un extrême malaise. Il me présenta au public, des mères de famille avec leurs enfants turbulents, des retraités, des étudiants, des collègues. En principe, il ne devait prononcer que quelques mots ; or il parla beaucoup plus, comme s'il était le principal intervenant de la soirée. Et surtout, au lieu de chanter mes louanges comme il est d'usage en ces occasions, il analysa minutieusement mes livres et des articles récents en soulignant leur inconsistance. Il s'agit essentiellement de lieux communs sans fondement, finit-il par dire avec tout le sarcasme dont il était capable.

Il avait dans la salle un nombre important de soutiens ; des rires et des ricanements, un applaudissement se firent entendre ici et là. Durant tout ce temps, sans perdre un seul mot, je fixai le tissu qui recouvrait la table ; il était d'un mauve criard qui, sous la lumière des vieux néons, virait tantôt au rouge sang, tantôt au violet, telle une longue ecchymose. Et à une ou deux reprises, saisi de vertiges, je manquai de tomber de ma chaise, mais j'écoutai toujours avec attention, sans montrer de signe d'agacement.

La situation devint vraiment critique. Je dus prendre sur moi le choc des injures, la colère, l'envie de réagir violemment. Cet homme large d'un âge indéfinissable, le cou épais, les lèvres étirées en une longue fente, crachait son venin avec une évidente satisfaction. Il débordait tellement de malveillance que même sa sueur, son odeur me semblèrent empoisonnées. Toutefois, je me rendis compte qu'il suffisait de lui donner du temps : plus il parlait, plus il m'immunisait; plus la lave qui bouillonnait dans ma poitrine se refroidissait, plus je devinais un fond de souffrance. Il était professeur de droit, il s'appelait Franco, certains en début de soirée l'avaient appelé Franchino. Il avait une tache noire sur l'ongle d'un pouce, comme s'il se l'était coincé dans une porte. Il fit une grande partie de son discours non pas tourné vers le public mais vers moi, comme si son unique objectif était de s'assurer que je comprenne combien il m'était hostile. C'est sans doute pourquoi j'ai moins retenu l'articulation de son discours que la pâleur de son visage en contraste avec ses yeux rougis. Du reste, ici et maintenant, peu importe la qualité de ses critiques, il insista avec des formules de plus en plus agressives sur une seule idée : si l'État réservait aux enseignants un salaire de merde, les enseignants lui devaient en retour des prestations de merde. Tout le reste découlait de cette thèse. Il en déduisit notamment que quiconque prêchait la nécessité de fournir un travail soigné quoi qu'il en coûte – moi, par exemple – était un esclave. « Un esclave, dit-il en me fixant avec ses yeux rouges, des proviseurs, des inspecteurs, des ministres, un esclave de la machine qui exploite jusqu'au sang toutes les formes de travail sans rémunération ou presque. » Sur ces mots, il se tut; il fut très applaudi, et à la surprise générale, la mienne en particulier, j'applaudis aussi, avec conviction, je m'arrêtai le dernier. L'homme me regarda, incertain, il essuya sa bouche luisante du dos de la main, esquissa un sourire perfide, contrôla sa montre déposée sur la table une demi-heure plus tôt et dit, mais sans s'excuser : « J'ai trop parlé. »

Heureusement qu'il a trop parlé, pensai-je avec un soulagement sincère. Heureusement, car s'il n'avait parlé que cinq minutes, nous en serions venus aux mains. Or, durant cette longue demi-heure, j'avais pu déceler son insatisfaction. Une insatisfaction que je connaissais, celle de l'individu – un spasme de matière vivante en forme d'organisme humain – face à un dispositif mal pensé, mal réalisé, mal réformé – la classe, l'école, l'enseignement –, qui au début semble corrigible, juste un petit défaut, puis qui s'étend finalement à l'ensemble de l'institution scolaire, à la famille, à l'organisation de la vie collective sous toutes ses formes les plus précaires. Cette insatisfaction m'attendrit, j'eus presque peur de m'émouvoir quand, après les applaudissements du public au discours de Franchino, je pris la parole pour me déclarer d'accord avec lui, d'accord également sur les critiques féroces qui m'avaient été adressées, et pour raconter à tous, avec mes propres mots, le désespoir que je venais d'entrevoir. « C'est terrible, dis-je en synthétisant des pages de mes deux livres, et consternant d'avoir la responsabilité de vies en devenir et de sentir qu'on attend tout de nous sans rien nous donner, de se savoir chaque jour pas écoutés. Nous rapportons par écrit notre malaise à qui de droit et personne ne nous lit, nous dénonçons nos conditions de travail et personne n'en prend acte, nous crions et personne ne nous entend, tout reste tel quel, irrésolu, dans notre classe et dans le monde, alors l'épuisement nous gagne et nous fait dire qu'il n'y a rien à faire, que la catastrophe arrive, que tout s'effondre, que nous percevrons le choc quand nous toucherons le fond, et enfin jaillira l'étincelle, fer contre fer, et le feu, et puis nous pourrons tout reconstruire comme il se doit. Mais en attendant la vie passe, toujours plus abjecte, la nôtre et celle des jeunes gens que nous voyons défiler d'année en année, et nous ne touchons jamais vraiment le fond, le déclin oui, la vieillesse oui, la mort oui, mais le fond non, le pire n'a pas de fin. Donc, conclus-je, je vais vous dire ce que je pense. Ça ne me plaît pas de constater que les meilleurs seraient les meilleurs même si je n'étais pas leur professeur, et que les moins bons restent les moins bons même si je suis leur professeur. Salaire de merde ou pas, apocalypse annoncée ou pas, je veux dire ici humblement que je me sens moins triste – oui, moins triste – si je m'échine pour que, grâce à mon travail, ceux qui réussiraient bien de toute façon réussissent mieux et pour que ceux qui de toute façon réussiraient mal apprennent à faire bien. Je n'ai pas l'intention de m'abaisser avec mes élèves au degré zéro de l'instruction. Des êtres humains qui poussent des *grrr*, *ouah*, *hou hou hou* ne promettent rien de bon. Alors, cher collègue, essayons de contrôler notre insatisfaction et réagissons, on n'incite pas à la révolte ou, si tu préfères, à la révolution avec des cris de gorille, *et cetera, et cetera*. » Je continuai ainsi, clair, concis, pas plus d'un quart d'heure, en touchant souvent le bras de ce professeur de droit qui me détestait, Franchino, lui prenant carrément la main à un moment donné, celle dont le pouce était douloureusement marqué. J'avais l'impression que nous avions été ensemble sur les bancs de l'école dès notre tendre enfance, contraints depuis lors comme dans une prison, victimes de la même réclusion. Ce fut un quart d'heure absolument splendide, de par le sentiment d'adhérer à la réalité des choses, mon cœur qui battait la chamade. Quand je me tus, je lus l'approbation sur les visages des mères de famille et des étudiants.

Franchino, en revanche, se leva d'un bond et se mit à l'écart ; même le cercle de ses défenseurs semblait l'agacer. J'espérai au fond de moi ne surtout pas l'avoir blessé et d'ailleurs, après avoir bavardé avec les mères, les pères, les grands-pères, des travailleurs qui s'inquiétaient pour le futur de leurs enfants et petits-enfants, je passai exprès à côté de lui en lui adressant un salut cordial. Ce geste, je m'en rendis compte, dut lui paraître invraisemblable. Moi ? Le saluer ? Lui ? En effet, il me lança un regard ahuri, une sorte de sursaut entre la noirceur hostile et l'envie de me dire tout de suite quelque chose, n'importe quoi, pourvu que cette heure durant laquelle nous nous étions exposés en public côte à côte ne finisse pas sans un commentaire, même vague, un bout de phrase anodin.

« Tu t'en vas ?
– Oui, il se fait tard.
– Attends une minute.
– D'accord. »

Il prit son pardessus, me suivit dans la rue jusqu'à ma voiture et dit tout bas :

« Tu es fâché ?
– Pourquoi ?
– J'ai exagéré, je ne sais pas ce qui m'a pris. Je sens une rancune en moi depuis très longtemps, mais je t'assure que je ne suis pas comme ça, enfin que je ne voulais pas, et ce soir, pendant que tu parlais, je n'ai pas cessé de me demander : "Qu'est-ce qui m'a poussé à dire ce que j'ai dit, à m'exprimer ainsi, pour quelle raison ?" Excuse-moi.
– Tu n'as pas à t'excuser, tu as dit des choses qui m'ont fait réfléchir. »

Je le rassurai sans faire de rhétorique, c'est du moins ce qu'il me sembla à cet instant, et je me sentis bien. Même ses regrets, ses excuses confuses, me touchaient, j'en fus satisfait. Je serrai la main à Franchino, lui donnai mon numéro de téléphone et l'exhortai : « Restons en contact, voyons-nous, trouvons une autre occasion de discuter. »

En somme, je ressortis de cette soirée non seulement content de moi, comme c'était désormais souvent le cas, mais encore empreint d'un sentiment de stabilité. J'avais toujours craint que cette adhésion à mes paroles – aucune distension, aucune divergence – ne soit, comme l'affirmait sans cesse Teresa, fragile. Après cette expérience cependant, il me sembla assez improbable que je puisse être à nouveau comme autrefois : brouillon, incorrect, instable, grossier, trompeur à l'occasion. Je pensai même que la menace-parade élaborée par Teresa n'était qu'un moyen fantaisiste de rester en contact, et que cela n'avait aucune influence sur notre nature, probablement pas sur la mienne. Je finis par me dire – fait totalement inédit – que peut-être, pour des raisons auxquelles je n'avais pas envie de réfléchir, je m'étais masqué dès l'enfance, que j'avais toujours été potentiellement enclin au bien et que je m'étais juste égaré dans la première partie de ma vie, comme cela arrivait à n'importe qui, petits et grands, rien de grave, tôt ou tard on retrouvait son chemin. Ainsi – décidai-je, et je l'écrivis également à Teresa comme on confie à une chère et tendre épouse chaque pensée et chaque sentiment –, mon objectif n'est pas dorénavant de rester purement et simplement sur les rails, ça ne me suffit plus ; je veux être pour toujours comme j'ai été dans cette petite salle de banlieue, un moi parfait avec lequel je coïncide absolument.

24.

J'essayai de rester fidèle à cette résolution. Pendant ce temps, Nadia, avec la complicité de Tilde, de Monsieur Itrò et surtout de la femme de ce dernier, Ida – une pianiste d'un niveau technique honnête mais peu sollicitée professionnellement, très maigre, toujours vêtue de noir comme si elle était déjà veuve –, fit en sorte que nous déménagions. Elle était définitivement devenue une autre personne : des trois maternités avait émergé, d'abord timidement puis avec une détermination croissante, une femme pleine d'énergie, charmante avec mes amis et mes connaissances, aimant à exhiber son esprit pratique. Grâce à elle, nous quittâmes notre appartement au bout de la via Nomentana pour en louer un autre sur le Lungotevere Flaminio, à quelques pas de la somptueuse résidence du couple Itrò. Après des désagréments initiaux, tout alla pour le mieux, et même Emma, Sergio et Ernesto, qui avaient souffert de ce changement, furent convaincus que notre condition s'était améliorée. Nous avions beaucoup plus de lumière. Les deux garçons partageaient une belle chambre spacieuse, Emma en avait une petite pour elle. Nadia choisit une pièce qui donnait sur le Tibre pour en faire son bureau ; je récupérai une véranda étriquée s'ouvrant sur une terrasse avec une balustrade au-delà de laquelle le regard, soit survolait les antennes, les tuiles et les cheminées, soit plongeait dans un petit cloître qui formait un puits noir et profond.

Nous continuâmes quelque temps à enseigner dans notre lycée de banlieue, chose qui cependant était à présent malcommode. Nous devions nous lever à cinq heures trente – et encore, cela ne suffisait pas, étant donné notre complexe organisation familiale. Mais le professeur Itrò prit le problème à cœur et trouva rapidement moyen de nous faire transférer, moi dans un prestigieux lycée du centre, et ma femme dans un institut technique au pied de l'immeuble. C'est ainsi qu'avec une certaine mélancolie je dis adieu à l'établissement où j'avais commencé à travailler à vingt-quatre ans, où j'avais connu Teresa l'année de ses seize ans et où elle avait été mon élève pendant trois ans, où j'avais rencontré Nadia quand elle rêvait encore d'enseigner à l'université.

Dans mon nouveau lycée, je fus d'abord accueilli avec gentillesse, puis avec hostilité, et enfin vite, très vite, avec sympathie. Naturellement, chez quelques collègues et au sein de petits groupes d'élèves, l'inimitié persista ; elle tendait même à s'aggraver quand je publiais un article dans lequel je m'en prenais à ceux qui, délibérément ou par insuffisance personnelle, à tous les niveaux de la hiérarchie, travaillaient avec négligence et étudiaient avec négligence. Mais arriva bientôt un de ces nombreux faits dont, à l'époque, j'étais le premier surpris. Franchino, quand je l'avais désormais oublié, me téléphona. Nous nous vîmes, nous parlâmes longuement autour d'une bière et, à partir de ce moment, il se manifesta une semaine sur deux. Nous nous rapprochâmes beaucoup, il passa même quelquefois au lycée. Et ce fut justement là que je découvris combien il était archi-connu et estimé pour son engagement politico-syndical, en particulier parmi ceux qui me critiquaient durement dès que je leur en donnais l'occasion. Ils n'en revenaient pas que Franchino daigne bavarder avec moi dans le hall. Certains s'approchèrent pour écouter respectueusement, d'autres, ensuite, me demandèrent désorientés : « Tu le connais, vous êtes amis ? » Il y eut un peu de confusion. Qui étais-je : un réactionnaire, un compagnon de route, un ami véritable ? Certains s'empressèrent de me changer de catégorie dans leur répertoire politico-culturel, d'autres m'en attribuèrent une plus noble seulement lorsque Franchino, en quelques paroles généreuses, donna publiquement de l'épaisseur à mes écrits, à ma personne. Ainsi, en peu de temps, je me trouvai parfaitement à l'aise dans mon nouvel établissement et, je dois dire, en excellents termes avec mon ancien détracteur.

Dans les lettres que nous continuions à nous écrire, je parlai abondamment à Teresa de Franchino. En retour, elle me rappela la triste fin qu'avaient connue mes grandes amitiés passées. Je lui avais moi-même raconté la vitesse à laquelle elles s'étaient tissées et tout aussi rapidement terminées, et dans certains cas elle avait été directement témoin soit du premier mouvement, soit du second. Elle n'avait donc pas tort, cet attachement de Franchino à mon égard n'était pas une nouveauté, depuis toujours je suscitais chez les deux sexes un besoin de lien indéfectible. Dès l'enfance, j'avais été considéré comme indispensable, mes camarades de jeu, mes amis exigeaient l'exclusivité, ils devenaient envahissants. Mais que se passait-il après ? C'était comme si tous, de manière différente, prenaient peur face à la force de ce lien et que soudain, de trop présents, ils devenaient des ombres de la mémoire. Les filles en faisaient une tragédie, une grande partie de mes histoires sentimentales s'étaient conclues par des séparations très douloureuses. Les garçons, en revanche, déclaraient brusquement, sans raison évidente : « Il vaut mieux qu'on ne se voie plus. »

Cette tendance m'avait blessé, je la redoutais. Je me sentais traité comme un livre passionnant au début, et qui peu à peu déçoit, voire dérange. Ma mère – ma propre mère – ne s'était-elle pas comportée de la même manière ? J'avais été son fils préféré, mais dans une famille où l'affection ne suffisait pas à effacer l'angoisse. Mon père la croyait infidèle – c'était son obsession – et il lui hurlait dessus continuellement ; elle répliquait en hurlant également : « C'est faux, tu es fou, tu vois des choses qui n'existent pas ! » J'éprouvais un tel malaise pour les douleurs de l'un et de l'autre que très tôt je m'habituai à les mettre à distance, à les estomper, à chasser mon amour pour eux et, sans m'en rendre compte, pour tout le monde. Mes pensées, je m'en souviens, à huit ou neuf ans, étaient déjà glaçantes. Si c'est une putain, me disais-je, il ne doit pas se contenter de lui crier dessus, il doit la tuer ; et si ce n'est pas le cas, alors qu'il cesse de la tourmenter ou je vais prendre le couteau à pain et je le tuerai pendant son sommeil. Je voyais tantôt le sang de l'un, tantôt le sang de l'autre, mais sans émotions, de loin. Une fois, dans la cuisine, notre misérable cuisine de Naples – fin des années quarante, début des années cinquante –, ma mère avait lu quelque chose dans mes yeux, ou peut-être une grimace sur mes lèvres, et elle m'avait dit que je l'effrayais. Je l'effrayais ? Moi ? C'étaient eux qui m'effrayaient. Cette phrase m'avait fait tellement souffrir, et finalement j'avais comprimé la souffrance dans ma poitrine jusqu'à l'étouffer. Parfois, je tournais autour de ma mère en quête d'une caresse, mais je n'ai pas souvenir qu'elle m'en ait donné.

À présent cependant – dans les années quatre-vingt –, personne ne voulait s'éloigner de moi. Mes trois enfants me réclamaient en permanence, les gens lisaient ce que j'avais écrit et ce que j'écrivais, Stefano Itrò m'appréciait, Tilde m'aimait beaucoup, mon nouvel appartement accueillait des jeunes et des vieux, des hommes et des femmes, tous admiratifs, et ils ne voulaient pas partir. Franchino, enfin – lui qui pourtant m'avait détesté –, ne me lâchait plus. Quand il venait chez moi, il s'en allait au minimum une heure après les autres invités. Il me glissa un jour en aparté :

« Et les femmes ? À ta place, j'aurais une ribambelle de maîtresses.

– Je n'ai pas de maîtresses.

– Jamais ?

– Jamais.

– Avec toutes ces dames et ces demoiselles qui te tournent autour ?

– Aucune, je suis fidèle à ma femme. »

Il me fixa un long instant d'un air interrogateur, hésitant à poser la question suivante.

« Et ta femme ? finit-il par me demander.

– Quoi, ma femme ?

– Elle est fidèle, ta femme ? »

25.

La question me déplut. Nadia faisait tout pour se montrer cohérente avec le cadre de plus en plus précis qui se dessinait autour de moi, et je l'appréciais, mais il y avait en elle un excès de sollicitude qui me dérangeait. Disons qu'elle tenait tellement à souligner la réussite de notre vie que par moments je pensais : Elle se ment à elle-même, elle n'en est pas du tout convaincue. Un jour elle se réjouissait de mes succès répétés, le jour suivant la perspective de collaborer, que sais-je, avec un journal important semblait constituer un problème pour notre organisation familiale dont elle se rendait compte et moi, obtusément, non. Je me mis donc à éluder et ses joies et ses contrariétés, jusqu'à ce que je comprenne clairement qu'elle n'apprécierait vraiment mon ascension providentielle que si je restais, paradoxalement, l'obscur enseignant dont elle était tombée amoureuse.

Pour être plus explicite, ma femme s'inquiétait de mon devenir. Sa vieille crainte face aux nouvelles choses qui m'arrivaient régulièrement s'était aggravée. Elle considérait mon succès comme un danger pour notre couple, un danger pour nos enfants, et surtout comme un tort que je lui faisais : moi qui n'avais jamais eu d'ambitions, j'avais été récompensé par le destin, et elle, qui en avait eu à foison, avait été déboutée sans pouvoir me prouver que, dans son domaine, c'était une personne de qualité. Que dire alors ? C'était comme si Nadia, déçue de n'avoir aucune décoration accrochée sur la poitrine, voulait arracher les miennes pour éviter que notre relation soit trop déséquilibrée et se gâte. Parfois, j'avais l'impression qu'elle me surveillait pour confirmer que j'avais été injustement avantagé. Si elle ne travaillait pas aussi bien que moi, si en public elle n'arrivait pas à inspirer la même sympathie que moi, si Emma, Sergio et Ernesto semblaient me préférer, c'était à cause de l'auréole qui persistait au-dessus de ma tête. Je la sentais tour à tour agressive, tendre, glaciale, véhémente, et je souffrais de la voir souffrir de son instabilité. Mais j'avais tellement de choses à faire que je ne trouvai pas le temps de l'apaiser.

Seulement, laisser courir ne résout jamais rien et, au bout d'un moment, je ne pus ignorer chez elle certains comportements inhabituels. Je lui parlais souvent des gens que j'estimais et, en général, elle m'écoutait peu. Or, soudain, tous ceux que je tenais en haute estime et réciproquement devinrent à ses yeux dignes de mille attentions. N'importe quel homme qui correspondait à ce critère enflammait sa curiosité, elle commençait à se faire belle pour lui, engageait de longues et vives discussions, riait beaucoup, le fixait avec des yeux dévoués. Peu importait qu'il s'agisse ou pas d'un nouveau venu au charme fulgurant, cela arriva même avec le professeur Itrò. Et ce dernier s'emballa, il ne pouvait pas croire que d'un coup, après des années de fréquentation, cette femme belle, intelligente, lui accorde autant d'égards, ait envie d'aller se promener avec lui – maigrelet, trois poils sur le caillou, un peu boiteux –, d'aller au cinéma, au théâtre, à des concerts. La sombre Madame Itrò, devant cette explosion de familiarité, devint encore plus sombre, elle multiplia les piques et attendit longtemps que j'arrache du flanc osseux de son mari la douce hanche de ma femme.

Mais je ne bougeai pas le petit doigt. « Que veux-tu faire – m'écrivait Teresa, moqueuse –, affronter le mesquin pédagogue, le gifler, le provoquer en duel, l'attendre dans l'ombre pour lui trancher la gorge ? Réfléchis. Itrò poursuit et tripote ta femme contre sa volonté ? Non. Et quand bien même ce serait le cas, maintenant, en lisant cette lettre, tu es vraiment prêt à te fâcher avec lui ? Il ne ferait que reproduire l'erreur que tu as commise cent fois par le passé avec des femmes fiancées ou mariées, comme moi quand nous étions ensemble et que tu aurais dû m'être fidèle. Alors chut, calme-toi, prends acte de la situation : d'un côté, ta femme est très probablement disposée à coucher avec tous tes admirateurs pour te prouver qu'ils l'apprécient plus que toi ; de l'autre, tes admirateurs sont disposés à coucher avec ta femme pour se sentir moins humiliés par les grandes qualités qui te sont exagérément attribuées. »

Des phrases ironiques, souvent sarcastiques, Teresa tournait toujours tout en dérision. Mais sur le moment je les prenais au sérieux, je pensais qu'elle avait raison. Nadia se liait d'intimité non avec le premier qui se présentait, mais avec les gens que je fréquentais et que j'appréciais, sans aucun attrait physique du reste, des chercheurs consumés par leurs recherches, des professeurs fatigués par leurs audacieuses expérimentations didactiques. « Il fallait que ça tombe sur toi, m'écrivait mon ex-élève, un homme d'un mètre quatre-vingt-dix, à la dense chevelure fauve, doté d'une forêt pubienne d'or également, aux yeux célestes cernés de longs cils mystérieusement sombres ; te voici désormais tellement aimé et désiré que pour t'avoir, te retenir, le fretin de tes courtisans se laisse pénétrer et te pénètre par personne interposée. »

Cette thèse s'effondra rapidement. Teresa la balaya elle-même. En effet, elle changea de registre : « Ça suffit, ces psychologismes d'experts de pacotille ; comme d'habitude, le vrai problème, c'est toi. Tu as toujours dit que tu n'étais pas jaloux, mais tu mens, tu mens comme tu respires, tu veux t'approprier le droit de trahir, et gare si les autres osent en faire autant, cette simple hypothèse te rend fou, tu crois que j'ai oublié les tourments que tu m'as infligés ? » Puis elle prit la défense de ma femme : « Nadia veut juste être sympathique et accueillante ; toi, en revanche, tu es malade dans ta tête ; attention, tu vois des choses qui n'existent pas. »

Dans certaines lettres, elle désirait réellement m'aider à affronter la situation avec sérénité, mais dans d'autres elle s'énervait, me menaçait, ses lignes d'outre-Atlantique me torturaient comme la voix d'un spectre cruel. C'est au cours de ce jeu de balançoire que resurgirent l'enfance, l'adolescence, les pires moments de ma vie passée, et avec eux une aversion mal dissimulée pour moi-même. Je ferai ce que je dois faire, me surpris-je à penser, je me trouverai une maîtresse, je répondrai à la trahison par la trahison. Rapidement, toutefois, je déprimai, j'écartai cette décision et m'exhortai : Trêve de bavardages, la loi du talion n'y changera rien, la question est de savoir si Nadia me trompe vraiment ou pas. Ainsi, sous mes yeux qui agissaient comme des lentilles grossissantes, défilèrent des gestes amicaux, des formules affectueuses, des attentions excessives, un désir qui se fondait dans des tonalités joyeusement cordiales. Cependant, zéro preuve évidente d'adultère. Une fois où j'étais hors de moi, j'écrivis à Teresa : « Si je découvre que Nadia me trompe », points de suspension. Je reçus une longue lettre triomphante dans laquelle elle me disait en résumé : « Explique-toi, que signifie cette ellipse, tu veux dire que si elle te trompe, tu la tues ? » Sans doute, lui répondis-je par retour de courrier ; petit, je l'ai suggéré silencieusement à mon père, alors pourquoi ne pas me le suggérer à moi-même grand ? Et cette fois Teresa – cela n'était pas arrivé depuis fort longtemps – répliqua sans ironie, sans sarcasmes, sans invectives, mais grave : « N'essaie même pas d'y penser, sinon tu sais ce qui t'attend. »

Oui, je le savais. Je m'exerçai à contempler cette frénésie de Nadia en étouffant des réactions hasardeuses. Seulement, je craignais qu'à force de me retenir ne se réveille l'impassibilité de mon enfance, quand ma mère courait dans la maison en criant qu'elle voulait se jeter par la fenêtre, que mon père la poursuivait en la couvrant d'insultes et que je réussissais à découper – sans me laisser distraire un seul instant – des silhouettes en papier sur lesquelles je dessinais ensuite méthodiquement des yeux, des bouches, des chemises à carreaux, des pantalons, des bottes et des ceinturons avec des pistolets de cow-boys, comme si autour de moi il ne se passait rien. Oui, la régression m'effrayait, je voulais trouver un nouvel équilibre, je voulais réfléchir. Je m'étais imposé d'être un mari fiable, et Nadia se transformait en épouse non fiable. Mais pouvais-je à raison opposer ma fidélité aux possibles infidélités de ma femme ? Non. Ma fidélité ne dépendait pas de mon amour pour elle – admis-je –, c'était le reflet d'une autre fidélité plus robuste, celle que je vouais à Teresa. Plus le temps passait, en effet, plus j'avais l'impression d'entretenir avec cette femme lointaine, que je ne voyais plus depuis des années pourtant, un lien fort. Par jeu désormais, en moi-même, je l'appelais ma compagne fantasmatique. Et qu'était Nadia ? Une femme qui regrettait celui que j'avais été et qui, pour ne pas crouler sous le poids de ma notoriété, donnait du poids aux autres. Teresa ne me lâchait pas une minute. Bien que vive et active, avec son cortège de succès intercontinentaux, elle ne se détournait pas, elle me tenait la bride haute, me flattait, m'étrillait, me donnait des sucres, me faisait écumer, pour enfin voir en moi l'homme parfait qu'elle aurait voulu des années plus tôt et que je n'étais pas.

En outre, j'étais le mari de Nadia et, par moments, non seulement ce fait me donnait le sentiment d'être ridicule, comme tous les maris dans cette situation, mais il me causait encore une douleur si profonde que j'étais de plus en plus chancelant, tel un meuble rongé par les vers. Certaines de nos conversations me blessaient, j'aurais voulu claquer des portes, casser des objets, et finalement c'était moi que j'abîmais.

« Où étais-tu ?

– À la librairie.

– En dessous ?

– À Trastevere.

– Quatre heures à la librairie habillée comme une chanteuse de cabaret ?

– C'était la présentation d'un livre d'un ami de Stefano. »

Stefano, bien sûr, qu'à la maison nous appelions tous Monsieur Itrò, même les enfants ; seule Nadia s'était mise récemment à l'appeler par son prénom avec une sorte de langoureuse satisfaction.

« Pourquoi tu ne me l'as pas dit ?

– Je croyais que tu le savais.

– Je ne le savais pas. Si tu me l'avais dit, nous y serions allés ensemble.

– Stefano voulait peut-être n'inviter que moi.

– Ou peut-être préférais-tu y aller seule.

– Imaginons, et alors ? Laisse-moi un peu d'espace de temps en temps, s'il te plaît.

– Je ne t'en laisse que trop.

– Toi ? Tu es sur tous les fronts, je ne peux pas avoir une vie à moi.

– C'est quoi, une vie à toi ? Une vie sans moi ?

– En plus tu es jaloux, maintenant ?

– D'Itrò ? Tu plaisantes, il pourrait être mon père.

– Tu l'as toujours détesté, ton père.

– Qu'est-ce que tu racontes ? Que sais-tu de mon enfance, de mon adolescence ? Laisse tomber, va : comment était la présentation ?

– L'auteur était un mollusque, mais Stefano a été grandiose.

– Évidemment.

– Oui. »

À un moment donné, il me sembla que je devais faire quelque chose si je ne voulais pas m'effondrer. Je cessai donc, pour commencer, d'attribuer généreusement trop de mérites aux gens, surtout en présence de ma femme. J'étais désormais si irréprochable dans chacune de mes attitudes que l'inquiétude me gagnait, gagnait mes pensées, alors je me laissai aller quelquefois à des jugements féroces, à des médisances, même à l'égard de Stefano Itrò, à qui je tenais malgré tout. Parallèlement, j'appris à me voiler la face. En général, je voyais loin, je scrutais continûment, presque sans m'en apercevoir, en moi et derrière les visages des autres. Je m'obligeai à présent à un peu de cécité, pour me sentir mieux et pour permettre aux autres, à Nadia, de se sentir mieux. Mais que dire, j'étais un homme fortuné. Ces jugements tranchants tempérés par un air distrait, débonnaire, de ne pas y toucher, m'apportèrent encore plus d'affection, encore plus de respect. Franchino surtout, dans cette phase, s'accrocha à moi comme jamais. Et aussitôt Nadia s'accrocha à lui. C'est en sa présence qu'un après-midi Franchino me proposa de rejoindre le petit parti de gauche militant dont il était un des principaux représentants. Le projet – m'expliqua-t-il – était de se porter ensemble candidats aux prochaines élections politiques.

« Quel beau duo ! » s'exclama Nadia.

Son chemisier avait deux boutons défaits, je la fixai renfrogné. Elle feignit de ne pas sentir sur la peau de son sein mon regard réprobateur.

26.

Durant cette période, la douleur me rongea ; je craignis de me briser en mille morceaux minuscules et répugnants. Pourtant, tout allait de mieux en mieux au lycée, dans ma vie publique, dans les débats très prisés et animés, y compris dans le processus politique complexe qui me conduirait – Franchino l'espérait, je l'espérais sans doute aussi, j'avais eu l'occasion de briller au cours d'une émission télévisée – au Parlement. Mais rien à faire, l'insatisfaction demeurait dans un coin, prête à regagner du terrain. Qu'y avait-il de vrai – vrai dans le sens où j'y croyais pleinement, pas comme on peut lire un roman ou regarder un film avec une adhésion absolue tout en sachant qu'il s'agit de fictions – dans mes pensées ou même entre mes mains, mes doigts, mes jambes croisées, tandis que j'écrivais une énième contribution sur les destinées de l'école, sur les effets dévastateurs de l'inégalité, sur l'affection comme la forme la plus efficace de pédagogie ?

Un matin où j'étais un peu fébrile, je n'étais pas allé au lycée et me sentais désabusé, j'observai la terrasse derrière les vitres de ma petite véranda, les toits, les pigeons, les corneilles, les goélands, le ciel. Il était nuageux, je cherchai une pensée revigorante et celle-ci me vint à l'esprit : Jusque-là tout s'est bien passé, mais c'est essentiellement avec mes enfants que je me suis montré convaincant. Malheureusement, cette pensée ne me remonta pas le moral. De quoi avais-je convaincu Emma, Sergio, Ernesto ? D'une vérité ou d'un mensonge ? M'autocomplimentais-je parce que, avec eux, je m'étais particulièrement bien manifesté, ou parce que je m'étais particulièrement bien caché ?

J'espérai ne plus rien avoir à occulter, j'étais définitivement un homme bien, même si avec Teresa je devais rester sur le qui-vive, il y avait toujours le risque qu'elle intervienne et gâche tout, comme cela arrive aux figures dessinées à la craie sur les trottoirs quand la pluie tombe et que les passants mélangent les couleurs, l'eau et la saleté en marchant. Quelque temps plus tôt, elle m'avait attaqué parce que je lui avais hardiment confié ma répulsion pour Franchino et pour Nadia. J'avais répondu en commençant à donner mes raisons, puis exaspéré j'avais écrit : « Tu ne peux pas critiquer aussi mes fantaisies, parfois tu m'énerves au point que je n'ai plus envie de trancher la gorge à ma femme, mais de prendre un avion pour venir te la trancher à toi. »

Aucune nouvelle, pendant des semaines. Rien de grave, Teresa n'écrivait jamais beaucoup et surtout elle disparaissait souvent. Enfin sa lettre était arrivée, et une violente dispute avait explosé, apparemment sans lien avec ma folie sanguinaire mais causée par une broutille. Elle m'avait annoncé bien avant qu'elle ferait des conférences en Europe, et je lui avais répondu : « Dis-moi où et je te rejoindrai. » C'était ça qui l'avait révoltée : quel était ce ton, la rejoindre pourquoi, à quel titre, qui étais-je pour elle, et elle pour moi, tu as ta vie et moi la mienne, qu'est-ce que tu veux, comment oses-tu me menacer, entre toi et moi il n'y a non seulement pas d'amour mais pas de haine non plus, entre toi et moi il n'y a rien. Elle ne m'avait plus écrit.

À présent elle me manquait, elle me manquait particulièrement les jours fades, comme ce matin de fièvre et de pensées désordonnées. J'avais récemment arrêté de fumer, je ne buvais plus de café, je ne buvais même plus mon verre de vin habituel au dîner. Les petites privations étaient devenues un moyen de rester vigilant, notamment quand je songeais soudain à mon histoire – et pas tant à ce qu'il m'était arrivé, à mon accomplissement satisfait, mais précisément à ma conscience d'être en vie, à moi, si l'on peut dire, ce pronom personnel tombé dans l'engrenage de l'univers comme un boulon –, et quand je me demandais à quoi bon avoir ainsi mené ma vie, l'avoir éduquée, instruite, quel avantage terrestre ou céleste me récompenserait pour l'avoir peaufinée avec autant d'efforts, puis le sommeil venait. Je regardai ma montre, il était onze heures trente-cinq, Nadia et les enfants étaient enfermés dans leurs salles de classe. Il soufflait un vent automnal, je sortis sur la terrasse même si j'avais froid. Je levai les yeux vers le ciel de nuages blancs et de fragments d'azur, puis je me penchai pour regarder en bas. Qui sait où était Teresa, dans quelle ville du monde. Jusqu'à ce moment précis, oui, j'avais été un homme fortuné, et ma fortune était venue en grande partie d'elle, qui pourtant m'effrayait de plus en plus. Je pensai : Et si elle faisait maintenant irruption pour me houspiller ?

Deuxième récit

1.

Je suis un problème. De par mon caractère, de par l'éducation que j'ai reçue et de par mon métier. Ces trois choses ensemble ont fait fuir au fil des années deux maris, m'ont procuré l'amour tiède et la haine encore vive de mes quatre filles – je n'ai eu que des filles –, m'ont valu d'être le supplice de toutes les rédactions où j'ai travaillé et le délice des lecteurs qui aiment les journalistes de tranchée. J'ai su que je serais à nouveau un problème quand une personne chère, dont je tairai le nom et la fonction, m'a informée de la programmation d'une journée nationale consacrée à l'école, toutes catégories et tous niveaux confondus, et qu'une commission créée spécialement par la présidence de la République s'apprêtait à publier une liste d'enseignants parmi lesquels trois seraient primés pour l'occasion.

Je dois admettre que s'il s'était agi d'une simple initiative propagandiste de notre gouvernement, je n'aurais pas prêté attention à la nouvelle. Seulement le Président était impliqué, une personne que j'apprécie, une des rares incarnations de la vieillesse masculine qui m'attendrissent. Et puis m'est tout de suite revenu l'orgueil d'être la fille de deux professeurs qui, outre mes frères et moi, ont tiré glorieusement vers le haut un bon nombre de jeunes filles et de jeunes garçons destinés, sans eux, à n'être que des abrutis. Alors j'ai dit à mon ami :

« La liste est faite ?

– Je ne sais pas.

– Tu te renseignes ?

– Difficile.

– S'il te plaît.

– Je vais essayer.

– Si elle est faite, je la veux. »

Il s'est renseigné et, quelques heures après, il m'a remis une liste de vingt-huit noms. Je l'ai parcourue avec curiosité, peut-être même avec un peu d'appréhension, et j'ai découvert qu'y figurait de tout : des mères de politiciens et d'acteurs célèbres, des pères de réalisateurs et d'écrivains, des tantes de cuisiniers de la télévision, et pas mes parents. Aussitôt ma nature de casse-pieds s'est activée et j'ai noyé mon informateur dans un tourbillon d'intentions belliqueuses. Il s'est agacé et m'a quittée sur ces mots : « J'ai toujours accepté de t'aider, Emma, mais tu ne peux pas constamment n'en faire qu'à ta tête ; si tu veux te mettre dans le pétrin, c'est sans moi. »

Ce ton m'a énervée de plus belle. Liste en main, j'ai constaté qu'à part deux personnes que je connaissais bien et qui ont vraiment réalisé des choses mémorables dans l'enseignement, toutes les autres avaient pour seul mérite d'avoir mis au monde ou d'être du même sang que des charlatans suffisants et des starlettes du moment. Alors je me suis emparée de mon téléphone et j'ai appelé le secrétariat du Président. Luisa, à qui j'ai affaire habituellement, n'était pas là, un inconnu m'a répondu. J'ai dit : « Je suis en possession de votre liste de pseudo-enseignants, et Pietro Vella n'y figure pas, c'est une honte ! » Mon petit perroquet d'interlocuteur a demandé : « Qui est Pietro Vella ? » Je lui ai dit de me passer immédiatement le Président. Il m'a répondu : « Le Président n'a pas de temps à perdre. – Le Président, ai-je répliqué, n'est pas un imbécile comme vous, il sait qui je suis, il me parlera volontiers, et de toute façon soit vous me le passez tout de suite, soit demain votre liste est dans les journaux. » Puis, sans attendre la réponse, j'ai interrompu la communication, je sais comment faire avec ces gens-là.

Deux minutes plus tard, Luisa m'a rappelée, elle s'est excusée et m'a dit aimablement : « Emma, je vous écoute. » Je lui ai expliqué que je me fichais de leur liste des vingt-huit, qu'ils y mettaient qui ils voulaient, mais qu'il me semblait absolument légitime que parmi les trois enseignants qui avaient redoré l'école italienne il y ait, sinon mes deux parents, au moins mon père, qui certes allait maintenant sur ses quatre-vingts ans, était retraité depuis près de quinze ans, mais qui avait été un professeur renommé, très aimé, auteur de deux brillants essais sur l'enseignement

« Comment s'appelle ton père ?

– Luisa, ne sois pas idiote : il s'appelle Vella, comme moi.

– Son prénom.

– Pietro. Et ne me dis pas que tu ne le connais pas. Tu as soixante ans, tu devrais te souvenir de lui.

– Bien sûr que je m'en souviens, mais le temps passe, les choses changent, et si aujourd'hui on me dit Vella, je pense à Emma, pas à Pietro. Rafraîchis-moi la mémoire, il a écrit des livres ?

– Deux, très appréciés.

– Je note son nom et je vais voir si on peut le mettre sur la liste.

– La liste des vingt-huit qui deviendrait la liste des vingt-neuf ?

– Oui.

– Luisa, mon père mérite d'être un des trois enseignants primés.

– C'est pour ça qu'il y aura une sélection, le Président a lui-même fixé les critères.

– Dis voir. »

Elle me les a énumérés et ils étaient objectivement rigoureux. En outre – a-t-elle conclu en citant probablement un document – sera considérée comme décisive la présence à la cérémonie d'un ou d'une élève au prestige éprouvé qui devra intervenir en faisant l'éloge de son professeur.

Je me suis tue quelques secondes, puis j'ai lancé :

« Tu as entendu parler de Teresa Quadraro ?

– La scientifique ?

– Bravo, elle, tu la connais. Mets mon père sur la liste, il a été son professeur. »

2.

Luisa a depuis longtemps affaire à des gens bien plus puissants et arrogants que moi, elle ne s'est pas laissé intimider. À vrai dire, je me suis vite sentie gênée d'avoir élevé la voix. J'étais à l'évidence mue par un intérêt personnel identique à celui des enfants et petits-enfants qui avaient imposé le nom de leurs parents et grands-parents. L'appel téléphonique s'est donc terminé sur des déclarations d'estime réciproques, moi qui m'excusais pour ma véhémence tout en espérant une application stricte des critères de sélection, et elle qui me demandait une brève présentation de mon père en promettant de le soutenir auprès de la commission.

J'ai fixé un moment l'écran de mon ordinateur, j'étais de mauvaise humeur. Comme d'habitude, j'avais agi de façon précipitée. Je n'aurais pas dû m'exposer personnellement, j'aurais mieux fait de trouver quelqu'un disposé à soumettre la candidature de mon père après en avoir illustré les mérites avec autorité. Or j'avais sauté sur mon téléphone sans réfléchir, et maintenant je pouvais être sûre que Luisa parlait déjà de moi autour d'elle en ces termes que je déteste : « Vella s'emballe, comme toujours, elle se prend pour Dieu sait qui, elle adore donner des leçons à tout le monde, le doigt levé, mais au fond elle brigue et mendie des faveurs comme les autres. »

Moi, briguer ? Mendier des faveurs ? Il ne manquait plus que mon père apprenne que je mendiais pour lui obtenir une stupide reconnaissance, il en souffrirait affreusement. Mais que faire, me taire, laisser tomber, éviter de me battre pour que le mérite soit récompensé ? Non, me suis-je dit, pourquoi ça, il en souffrirait tout autant. Il a toujours lutté pour que les mérites ne soient jamais ignorés, en particulier les mérites microscopiques, qui sont le fruit d'efforts considérables. Alors pourquoi ne pas prétendre maintenant, en son grand âge, qu'on reconnaisse aussi les siens, qui sont immenses et surtout indiscutables ?

Je n'aurais pas dû m'inventer quoi que ce soit, je n'aurais pas dû amplifier les choses ainsi. Mon père avait réellement été un excellent professeur, j'avais tort de me sentir gênée, c'était juste de plaider sa cause. Bien sûr, Teresa Quadraro, avec son aura de célèbre scientifique, serait une preuve incontestable de son remarquable travail. Mais que dire de tous les autres élèves, ceux qui étaient venus chez nous – presque en pèlerinage – même leur diplôme en poche, pendant des années, des décennies ? Je me souvenais d'eux, je les avais vus petite, adolescente, jusqu'à mon départ de la maison. Leur gratitude m'avait tellement impressionnée. Pour ma part, je détestais mes professeurs, des fainéants incompétents aux violentes sautes d'humeur, et après mon diplôme je m'étais bien gardée de leur rendre quelques minutes d'hommage, ne serait-ce qu'une fois. D'où l'effet que me faisait, à l'époque, cette gratitude éternelle, cette dévotion inoxydable. Lors d'une visite récente à mes parents, j'avais justement croisé un de ces anciens élèves que j'avais vu petite, un beau jeune homme brun qui était maintenant un sexagénaire grisonnant ; il était passé saluer son vieux professeur et bavarder un peu. Je l'ai épié, il pendait aux lèvres de mon père comme s'il était encore un jeune lycéen. Voilà, revoir cette image à présent, devant mon ordinateur, a été décisif. Mon humeur n'a pas changé, elle est restée noire, mais mon avis, si. J'avais très bien fait de signifier à Luisa avec l'agressivité qui s'imposait que ce titre honorifique me tenait grandement à cœur. J'aurais même dû lui dire à elle aussi que je voulais rencontrer le Président. Sérieusement, au plus vite. Non que je le connaisse bien, je l'ai interviewé deux fois, il y a quelques années : une fois sur la situation politique et l'autre sur la douleur. Et c'est à cette seconde occasion que nous avons sympathisé. Luisa était présente, c'est elle qui m'a transmis, à la parution de l'interview, un billet de remerciement pour mon travail de qualité. J'imagine donc que si on lui disait : « Emma Vella voudrait vous parler », il trouverait le temps et répondrait : « D'accord. » Au fond de moi, je vais même jusqu'à supposer mieux : le Président a l'âge de mon père, un charisme équivalent, le nom de Pietro Vella ne peut pas lui être inconnu. Il me serait facile, sans doute, de lui expliquer que ma demande n'est pas un caprice de fille à papa, mais la reconnaissance objective de sa valeur. Mon père, monsieur le Président, a enseigné pendant plus de quarante ans. Mon père, monsieur le Président, a été le collaborateur apprécié de quotidiens importants. Mon père, monsieur le Président, a été un brillant chercheur. Mon père, monsieur le Président, a été un homme politique passionné ; il a été consulté à plusieurs reprises dans le cadre de tentatives de réformes scolaires, je pourrais vous donner les noms des ministres de l'Éducation gris, ennuyeux, calamiteux qui l'ont contacté.

Là, je me suis arrêtée. « Mon père a été » : la réitération de ce passé composé m'a émue aux larmes, je ne l'avais jamais utilisé avec une telle insistance. En général, quand je pense à lui, c'est dans un présent infini. Y compris si je remonte quelques décennies en arrière, quand il était toujours en partance – il voyageait beaucoup – ou qu'il rentrait fatigué et trouvait malgré tout du temps pour moi, pour mes frères. Sa silhouette jeune, élancée, rayonnant d'une lumière qui semblait émaner de ses cheveux blonds, de ses yeux, de ses ongles, ne m'a jamais quittée, c'est un perpétuel *maintenant*, et moi, maintenant, je souffre de solitude et de fragilité comme quand il partait, et maintenant je me sens heureuse et invulnérable comme quand il revenait. Pourtant, c'est un fait avéré que toute la vie de mon père est désormais au passé ; il s'est comporté de manière que le prestige ainsi accumulé ne puisse durer et l'accompagner jusque dans ses vieux jours. Alors je me suis rendu compte que si devant le Président j'avais uniquement listé tout ce qu'il a fait dans sa vie, celle-ci serait apparue incompréhensible. J'aurais dû ajouter, immédiatement après, assise dans mon fauteuil bleu et or, tout ce que mon père a refusé de faire. Et le Président m'aurait à coup sûr demandé, même d'un simple regard : « Pourquoi cet homme au succès si éclatant s'est-il arrêté en chemin ? » Il me l'aurait demandé parce que lui, le Président, ne s'est pas arrêté, d'ailleurs aujourd'hui il est président et mon père n'est pas grand-chose, il reste à la maison. En réponse, j'aurais eu du mal à lui expliquer que c'est une question de moralité. Mon père a été l'homme le plus courtoisement disponible du monde. Enseigner ? Enseigner. Écrire des livres ? Écrire des livres. Collaborer avec des journaux ? Collaborer avec des journaux. Politique et campagnes électorales ? Politique et campagnes électorales. Conseil à des ministres plus ou moins éclairés ? Conseil à des ministres plus ou moins éclairés. Dans chacune de ces activités, il s'est toujours jeté avec bon cœur et bonne intelligence, une formule qu'il aimait beaucoup et qu'il m'a transmise ; je l'utilise aussi, avec les rares personnes qui la méritent. Mais il a également reculé, avec la même courtoisie, à la première défaillance, à la première intrigue, à la première incitation à l'abaissement servile. Et il l'a fait sans orgueil, en montrant au contraire une grande compréhension face à la souffrance de ceux qui ont accepté de se salir au contact du monde, du moins d'en supporter les souillures nécessaires, en s'échinant sans aucun plaisir sinon vulgaire. Président, aurais-je dû dire, je suis la fille d'un homme extraordinaire, dont la limpidité intérieure n'a jamais été troublée par l'opacité extérieure, raison pour laquelle il ne préside ou ne vice-préside rien et passe son temps dans sa petite véranda à étudier, à écrire, ou à prendre soin de ma mère qui le soigne à son tour avec amour. Mes frères et moi l'aimons, nous veillons à tous ses besoins et à ceux de notre génitrice. Vous voulez un modèle d'empathie, ce mot galvaudé par la mode, tourné en un élixir contre la férocité du monde, même s'il est en réalité difficile d'en trouver un non altéré par la fiction ? Ce modèle, c'est mon père, empathique au dernier degré. Notre vie à nous, ses enfants, est toujours une tentative désespérée de lui ressembler, ou au moins de ne rien faire qui puisse, en particulier maintenant qu'il est vieux, l'affliger.

Cependant j'ai compris que la question des refus courtois de mon père était un terrain miné, mon exposé ne fonctionnerait pas. Malheureusement je ne suis pas comme lui, sa capacité de repousser le mal est égale à sa capacité de le comprendre. Dans mon cas, la première a muté en une intransigeance rebelle qui n'épargne personne et qui sème l'angoisse avant tout chez moi. Le risque donc, si j'arrivais vraiment à parler avec le Président, est que pour ne pas faire de tort à mon père, un homme qui a quitté la scène pour échapper aux affres du pouvoir, je finirais par être incorrecte avec une personne âgée qui, elle, n'est jamais sortie de scène et assume aujourd'hui la plus haute charge de l'État. Mieux vaut par conséquent préparer pour Luisa un CV clair et précis de Pietro Vella, en espérant qu'il finisse sous les yeux honnêtes de quelque membre de la commission, voire sur le bureau du Président. Puis on verra. Si à la fin mon père n'est pas sélectionné, ils auront affaire à moi.

3.

J'ai préparé le CV et je l'ai joint au mail pour Luisa. Puis j'ai eu beaucoup de travail, et beaucoup d'ennuis, au point que j'ai délaissé non seulement cette histoire, mais également mes filles et l'homme avec lequel j'ai une relation compliquée depuis quelques années.

C'est le fameux informateur que j'ai déjà mentionné à propos de la liste des vingt-huit. La dernière fois que nous nous sommes vus, il m'a dit avec un sarcasme qui ne m'a pas plu : « Ton excellent père a été ajouté à la liste, mais l'excellence se perd, il y avait vingt-huit enseignants et maintenant ils sont une cinquantaine. » Cela ne m'a pas étonnée : j'étais sûre que le nombre de candidatures augmenterait, que la liste gonflerait de plus en plus en accueillant des personnes sans mérite et qu'au bout du compte, afin d'éviter les conflits entre petits potentats, une foule de fonctionnaires désabusés serait convoquée dans une salle du Quirinal pour une distribution de médailles souvenirs. En revanche, cela m'a énervée. Je voulais que cette initiative conserve une certaine dignité, je voulais que mon père soit décoré en grande pompe. Et, pour commencer, je m'en suis pris au ton railleur de Silvio, j'appellerai mon ami ainsi. L'envie de rester avec lui s'est évanouie d'un coup, même si nous ne nous étions pas vus depuis un moment et tenions à ce que tout aille bien. « Ton excellent père », « l'excellence se perd » : comment se permettait-il ? J'ai déjà du mal, en général, à me détendre et à éprouver un peu de plaisir ; alors, si je suis contrariée, je ne tolère pas la moindre caresse.

« Tu te crois malin ? lui ai-je lancé.

– Mais non.

– Alors ne t'avise plus de parler comme ça de mon père.

– Qu'est-ce que j'ai dit ?

– Laisse tomber. »

Je me suis rhabillée et il avait beau chercher à me retenir, avec douceur puis avec force – il a saisi mon poignet en sifflant : « Si tu passes cette porte, tu ne me verras plus » –, je suis partie.

Une fois sortie, j'ai fondu en larmes, je n'arrivais pas à me calmer. Je ne pleurais pas à cause de lui, qui au fond est un homme patient, le plus patient que j'aie rencontré, mais à cause de la fatigue, qui en plus d'une sensation d'étourdissement, de douleurs au ventre et au dos, creusait un trou dans ma poitrine. Je ne me ménage pas, dans mon travail, dans tout, je ne suis pas capable d'avoir un pied dedans et un pied dehors, de doser mon implication. J'ai probablement hérité d'un organisme qui n'est pas à la hauteur des efforts que je m'impose, un de ces jours je vais m'effondrer dans la rue, et on me traînera au pied d'une poubelle trop pleine parmi un tas d'autres déchets où fouillent les becs des goélands. Mais dans ce pays règne le refrain : « C'est pas ma faute. » Rien n'est dit ni fait comme il faudrait, et je finis par me sentir dans le rôle du fouet de cordes empoigné par Jésus pour chasser les marchands du Temple. Je me bats, bien sûr, sans trêve. Toutefois, dans les journées comme celle-ci où je n'en peux plus, ce qui me frappe le plus et qui m'effraie, c'est la tentation de me procurer un couteau affilé non pas pour vider le Temple ou je ne sais quelle autre institution qui croit pouvoir faire la pluie et le beau temps, mais pour découper méthodiquement chaque partie de mon corps.

Dans cette phase de grandes tensions professionnelles, j'ai envoyé les filles quelques jours chez mes parents le temps de régler mes problèmes. Silvio a téléphoné souvent et je ne lui ai pas répondu, non par animosité mais par épuisement. En revanche, j'ai répondu à ma mère : « D'accord, je passe vous voir, mais je vous laisse les filles encore un peu. » Cela me tranquillise que mes filles soient régulièrement chez leurs grands-parents ; si je pouvais avoir leur âge et retourner vivre dans cet appartement, j'irais mieux. Je l'ai quitté à dix-huit ans, me suis mariée à vingt-deux, mais, avec ma vie chaotique, je ne fais pas partie de ceux qui détestent leur famille, leur enfance, leur adolescence. J'adore ma mère et, concernant mon père, j'espère avoir été claire. C'est cette vie de combats que je supporte de moins en moins.

Ce sont des mots que j'ai dits à ma mère. Quand elle s'est montrée préoccupée par mon visage pâle et chiffonné, j'ai lâché : « Ici je vais bien, c'est dehors que ça va mal. » Puis je suis allée saluer les filles (la première a quatorze ans, la deuxième douze, la troisième huit et la quatrième cinq : je suis une écervelée, pourquoi ai-je fait tous ces enfants ?), ma mère est restée dans la cuisine. Évidemment, elles étaient avec mon père, j'ai avancé dans le couloir, j'ai entendu sa voix, belle, sans fêlures. Je me suis arrêtée, la porte du bureau était ouverte. Il trônait dans un vieux fauteuil, je le voyais de profil. Il avait la petite sur ses genoux, les trois autres étaient assises par terre sur des coussins. C'était une scène que j'avais vue cent fois. Il racontait quelque chose, ou, mieux que raconter, il expliquait quelque chose. Il le faisait aussi avec moi, avec Sergio, avec Ernesto, et peu importait qu'il s'agisse du fonctionnement d'un mécanisme, d'une œuvre d'art, du déroulement d'une bataille. Il expliquait, et c'était comme s'il dépliait dans l'espace, entre lui et ses interlocutrices, une vieille carte avec des inscriptions, des figures colorées, des paysages détaillés. Mes filles l'observaient en silence ; le regard de Nadina, la plus grande, m'a plu. Le visage marqué et cependant encore très beau de son grand-père l'éblouissait. J'ai affirmé en moi-même : J'ai été ainsi et je voudrais être encore ainsi, quel dommage de m'être privée de tout ça trop tôt. J'ai appuyé mon épaule contre le mur du couloir, j'ai pressenti le chœur de protestations qui se serait élevé si j'avais fait irruption dans la véranda comme une rafale de vent inévitablement glaciale. J'ai imaginé les deux plus grandes avec une grimace agacée, la troisième qui se serait probablement tournée d'un coup en sifflant : « Va-t'en, maman », et la dernière douloureusement tiraillée entre son grand-père et moi. Je suis retournée dans la cuisine presque sur la pointe des pieds. Ma mère a grommelé :

« Il ne les laisse jamais tranquilles.

– Elles n'ont aucune envie qu'on les laisse tranquilles.

– Si tu le dis.

– En attendant, s'il les captive, tu te fatigues moins.

– Pour les captiver, il faut beaucoup d'énergie et ton père se fatigue.

– Je n'ai pas l'impression, tu le sens fatigué ?

– Un peu, mais il est comme ça : s'il n'avait personne à captiver, il serait bien plus fatigué. »

À cet instant mon portable a vrombi, c'était encore Silvio, je suis sortie sur le balcon.

« Oui ?

– Tu es toujours fâchée ?

– Non.

– Alors pourquoi tu ne réponds pas ?

– J'ai peur.

– De quoi ?

– De plein de choses, j'ai peur que tout vole en éclats.

– Nous deux ?

– J'ai dit tout, pas nous deux.

– J'ai une bonne nouvelle.

– Je t'écoute.

– Dans la commission, il y a un type qui est fan de ton père.

– Quelqu'un d'important ?

– Apparemment, j'ai regardé sur Wikipédia, il a un sacré parcours.

– Comment il s'appelle ?

– Franco Gilara. Tu le connais ? »

J'ai répondu non, mais j'ai été prise d'un doute. Quand j'ai raccroché, je suis rentrée dans la cuisine avec ce nom en tête. J'ai interrogé ma mère :

« Ça te dit quelque chose, Franco Gilara ? »

Elle m'a regardée avec un léger malaise.

« Vraiment, tu ne te souviens pas de Franco Gilara ?

– Non.

– Emma, c'est Franchino. »

4.

Nous avons parlé un moment de ce Franchino. Peu à peu, je me suis rappelé que c'était un de nos fidèles visiteurs il y a trois ou quatre décennies, des gens qui évoluaient pour la plupart dans le monde de l'enseignement. Ma mère m'a demandé, en me surveillant du regard, si c'était dans le cadre du travail que je m'intéressais à Franco Gilara. J'ai eu un instant d'hésitation, et finalement j'ai décidé d'évoquer l'histoire de la journée consacrée à l'école, sans entrer dans les détails, comme une simple éventualité. Elle s'est assombrie ; quand son humeur se dégrade, elle devient plus voûtée, on dirait une fleur à la corolle tombante.

« S'il n'y a rien de sûr, n'en parle pas à ton père.

– Je n'ai aucune intention de lui en parler.

– Tu sais comment il est avec les bonnes nouvelles, il s'emballe vite et, si en définitive il ne se passe rien, il souffre.

– Où en est sa relation avec Franchino ?

– Il n'y a pas de relation.

– Pourquoi ? »

Elle a plissé le front en secouant légèrement la tête, puis a soupiré.

« Ton père est une calamité. On finit par s'y attacher sans comprendre comment c'est arrivé. On a soudain besoin de lui à cent pour cent, mais le problème, c'est qu'avec nous il y en a mille autres qui attendent. Pour ne pas souffrir, on est obligé de se détacher.

– C'est-à-dire ?

– Un moment est venu où Franchino lui a annoncé qu'il valait mieux qu'ils ne se voient plus.

– Alors ils sont en mauvais termes ?

– Non, papa n'est en mauvais termes avec personne, même pas avec ceux qu'il ne supporte pas.

– Et Franchino ?

– Je ne crois pas que Franchino lui en veuille : quand on s'attache à lui, c'est pour de bon. »

Tandis qu'elle parlait, m'est revenue à l'esprit une autre conversation que nous avions eue, des années en arrière. J'avais vingt-quatre ans, j'étais mariée, à l'époque je ne voulais pas d'enfants. Je m'étais rendue en France pour le travail, il y avait une fête, dans un château somptueux. Là, j'ai beaucoup bu, je me suis rapprochée d'un type qui travaillait pour un journal important, contrairement à moi qui trimais alors pour une feuille de chou. Il avait la trentaine, je le connaissais depuis longtemps. Il m'a fait rire toute la soirée, je buvais et je riais, ainsi j'ai trompé mon mari pour la première fois. Et c'était bon, très bon – pas le sexe, le sexe ne m'intéresse pas ou peu. Je me souviens, en revanche, de l'exubérance qui a suivi. J'arpentais des avenues arborées à sept heures du matin, l'air était délicieux et je me sentais gigantesque. Puis ce gigantisme des sens a cessé et j'ai commencé à aller mal. Pas à cause de mon mari, je n'éprouvais pas la moindre culpabilité à son égard, j'estimais que c'était mon droit de profiter de la vie à tout prix. Je craignais plutôt d'aller chez mes parents, j'étais sûre que mon père me dirait tout de suite : « Emma, qu'est-ce qui se passe », sans point d'interrogation. Il a ce regard céleste qui voit sans inquisition, sereinement, beaucoup mieux que ne voient les autres, et on finit par tout lui révéler en détail, car dès qu'on lui parle on se sent bien, il dégage un fluide rassurant. Rien de grave donc, je savais qu'il comprendrait de toute façon, comme il comprend toujours tout, et qu'il me serrerait dans ses bras. Le problème était, en réalité, que j'avais honte, pas de ce que j'avais fait, mais de devoir le lui raconter. Aussi les ai-je soigneusement évités, lui et ma mère, jusqu'à ce que la trace de cette nuit de fête s'efface totalement de mes yeux. Et même après, j'ai continué à éviter mon père, j'ai parlé surtout avec ma mère. C'est alors que je lui ai demandé à brûle-pourpoint : « Tu as déjà trompé papa ? » Elle m'a fixée longuement, comme si cette question était un affront insoutenable, puis elle m'a répondu en quelques mots privés de sens : « Ton père m'est si absolument indispensable que, pour pouvoir rester avec lui, j'ai dû le tromper maintes fois, dans toutes les acceptions licites de la tromperie. » Des paroles prononcées sans ironie, avec cette formule insensée – acceptions licites de la tromperie –, et une douleur que jamais je n'aurais imaginé qu'elle puisse éprouver. Elle a toujours été une femme pleine d'énergie, porteuse d'une lumière capable d'éloigner le noir, même lorsqu'il est impénétrable. Je n'ai rien dit d'autre, j'ai filé comme si j'avais croisé un serpent.

Ce jour-là, cependant, sa réponse d'il y a vingt ans m'est revenue en mémoire, et j'ai hasardé :

« Donc, selon toi, si je demande à Franchino de soutenir la candidature de papa, il le fera ? »

Elle m'a semblé préoccupée à l'idée que je m'entretienne avec Franchino.

« C'est inutile que tu contactes Franchino, il le soutiendra toujours, quoi qu'il arrive. Mais je pense qu'il vaut mieux oublier cette histoire, ton père est bien comme ça. Il étudie et écrit plusieurs heures par jour, de temps en temps des gens nous rendent visite, nous avons de longues conversations entre nous sur tous les sujets possibles, figure-toi qu'il s'est remis pour la énième fois à étudier les mathématiques sans rien y comprendre. Et puis tu l'as vu avec les filles, elles l'adorent. Que veux-tu qu'il fasse de cette récompense ? »

Je n'ai pas répondu, j'ai entendu mon père et mes filles dans le couloir. Ils sont apparus tous les cinq dans la cuisine, surpris par ma présence, et nous avons passé une bonne soirée. Tandis qu'il entretenait toutes ses femmes, de la plus petite à la plus âgée, attentif à n'en négliger aucune, j'ai pensé pour la première fois de ma vie, je crois, que si ma mère l'avait trompé, lui n'avait sûrement pas été fidèle non plus. Il avait dû la tromper avec discrétion, peut-être même chastement, mais de manière continue. Et en définitive j'ai trouvé beau que ces deux vieux que j'aimais, pour pouvoir vivre ensemble toute leur vie, se soient inventé une pratique innocente de l'adultère qui leur permette de ne pas se dire : « Ne nous voyons plus. »

Je n'avais jamais réussi à m'adapter à la réalité des faits, et c'était sans doute pour cette raison que j'étais à bout de forces. En rentrant, j'ai pensé que cette petite récompense comptait peut-être davantage pour moi que pour mon père. Puisque dans ma vie rien ne cadrait, j'exigeais une reconnaissance pour une personne chère qui avait trouvé le moyen de tout concilier.

5.

Petit à petit, je suis sortie de cette période de tensions, d'inquiétudes, de menaces, de conflits. C'est pourquoi, quand Silvio a réussi à me mettre en contact avec Franco Gilara, je lui ai téléphoné et je l'ai rencontré près de la piazza Colonna. Il m'a semblé beaucoup plus vieux que mon père, même si je savais, maintenant, qu'il avait cinq ans de moins, l'âge de ma mère. Je n'ai pas trouvé un trait qui me le remette en mémoire : il était de petite taille, trapu, les épaules larges, un cou énorme sur lequel s'affaissait en vagues blanchâtres un visage aux lèvres très fines. En revanche, lui m'a reconnue d'emblée – ou il a fait semblant de me reconnaître – et s'est exclamé, les yeux brillants : « Emma, tu es le portrait de ta mère », en concluant presque à mi-voix, avec dévotion : « Une femme magnifique. » C'est une phrase qu'on me dit souvent et qui me déçoit toujours un peu, comme si j'avais par étourderie perdu l'occasion de ressembler à mon père. Nous nous sommes engouffrés dans un café, il était pressé, malgré son âge c'était un homme occupé à mille affaires et obligations. Il m'a tout de suite dit :

« Tu n'as rien à me demander : tout est réglé.

– Quoi ?

– Ton père est un des trois primés, et les deux autres ne le discréditent pas, ce sont des personnes remarquables. »

Il m'a donné leurs noms, c'était vrai, j'étais contente. Puis il a voulu savoir si j'étais absolument sûre – comme le lui avait glissé Luisa – que Teresa Quadraro participerait à la cérémonie. Il s'est montré très insistant :

« Attention, Emma, le Président y tient beaucoup.

– Elle sera là, faites-moi confiance.

– Si je t'en parle, c'est précisément parce que je te fais confiance. Je suis ton travail depuis le début et je sais que tu es sérieuse.

– Ce n'est pas lié à mon travail, c'est un hommage à mon père. Je suis certaine que Madame Quadraro sera ravie d'intervenir à cette cérémonie.

– On dit à bas bruit qu'elle n'a pas bon caractère ; pire, on la qualifie de vieille mégère, prête à dénigrer tout le monde et en particulier tout ce qui est italien.

– Elle doit avoir ses raisons.

– Tu sais comment la contacter ?

– Je trouverai, ne vous inquiétez pas.

– Dites-lui que le Président souhaite la rencontrer en privé.

– Les primés sont les enseignants, il me semble, pas les élèves.

– Évidemment. Tu es douée avec les mots, bravo : ça, tu le tiens de lui, pas de ta mère.

– Mon père est inégalable. »

Franchino a fixé ma main sur la table, il avait l'air troublé par la couleur de mon vernis.

« C'est tout à fait vrai, personne ne peut rivaliser. Quand je l'ai écouté parler en public, la première fois, j'ai trouvé qu'il disait un tas de choses banales, mais il les disait bien, si bien que j'ai eu du mal à maintenir mon jugement. Et, lors d'une autre présentation, je l'ai critiqué point par point, je détestais ses livres ; cependant il m'a répondu à sa manière, tu sais, tellement sincère, rassurante, et j'ai éprouvé le besoin de plus en plus pressant de rester à ses côtés.

– Comme tout le monde. »

Il a acquiescé avant de prendre une profonde respiration ; il devait y aller. Il s'est levé en peinant un peu, après avoir laissé sur la table un pourboire qui était le double du coût de nos consommations. Je me suis levée à mon tour. Sur le seuil du café, il a essuyé du dos de son index la salive aux coins de sa bouche, il m'a embrassée sur les joues et a répété :

« N'oublie pas que je te fais confiance, Emma.

– C'est surtout à mon père qu'il faut faire confiance : il va ressusciter l'école italienne. L'histoire de votre amitié devrait vous rassurer, justement. Vous aviez une opinion négative sur ce qu'il écrivait, et vous vous êtes ravisé.

– Bravo, exactement. Tu es très intelligente, et j'aimerais te saluer en te confiant une phrase confuse que je ne parviens pas à démêler ; si tu pouvais m'envoyer un mail avec une formulation plus claire, je serais content : "Je me suis ravisé, mais je continue à penser que j'ai raison." *Ciao, bella !* »

Je lui ai crié :

« Alors pourquoi vous vous êtes battu pour qu'il soit primé ? »

Il m'a saluée à nouveau de la main, sans se retourner, et a disparu à l'angle de la rue.

J'étais énervée. J'ai comparé les vieilles paroles involontairement sibyllines de ma mère et celles volontairement incongrues de Franchino. C'était comme s'ils s'étaient consultés au fil des décennies pour arriver chacun à l'idée que, de leur relation avec mon père, ils ne pouvaient parler qu'en exprimant une difficulté de manière absurde, comme dans les rêves. Alors j'ai eu envie de rire, car je me suis rappelé un cauchemar que je faisais souvent petite, et qui me revient parfois aujourd'hui, avec de légères variations. Ma mère est dans la cuisine, en chemise de nuit, elle a préparé le petit déjeuner, et elle me dit : « Va réveiller ton père. » J'entre dans leur chambre et mon père est en train de lire, appuyé contre la tête de lit. C'est un crocodile.

6.

Je ne suis pas remontée jusqu'au numéro de Teresa Quadraro, mais j'ai obtenu son mail tout de suite et je lui ai écrit en lui donnant des nouvelles de Pietro ainsi que des détails sur le prix et l'importance de son intervention à la cérémonie. Je l'ai fait avec toute la courtoisie dont je suis capable, en glissant que mon père parlait souvent d'elle avec affection et admiration. En réalité, je ne me rappelle pas que mon père l'ait mentionnée à aucune occasion, c'est un homme qui ne se vante de rien, pas même de ses grandes amitiés. Ma mère, en revanche, me disait chaque fois que la scientifique passait à la télévision : « Tu vois cette femme, elle doit tout à papa, elle a été son élève. »

J'ai espéré n'avoir rien écrit qui puisse la contrarier et j'ai cliqué sur « envoyer ». J'avais envisagé quelques jours, peut-être une semaine d'attente. J'avais envisagé la nécessité de la relancer, le recours à un ton plus pressant, moins affable, et même le soutien du Président. En fin de compte, exactement douze minutes ont passé et Teresa Quadraro a répondu, quelques lignes efficaces : « Chère Emma, j'entends votre nom depuis si longtemps. Votre père m'a souvent parlé de vous. Je suis heureuse que vous ayez pensé à moi pour cette belle occasion. J'interviendrai très volontiers à la cérémonie en l'honneur de votre père. Donnez-moi la date. » Rien d'autre, le fond était celui-ci.

J'ai transféré le mail à Franchino, puis j'ai convié mes frères à la cérémonie. Ils vivent et travaillent à l'autre bout du monde, et je savais déjà qu'ils ne viendraient pas, mais si je ne les avais pas informés, bonjour les histoires, surtout avec Sergio : avant c'était Ernesto le râleur, maintenant c'est lui. Ils m'ont répondu aussitôt, ils étaient contents pour papa, mais – ont-ils écrit avec regret – la vie est compliquée, envoie-nous plein de photos et des vidéos. Bien, je les bombarderai d'images qu'ils n'auront – je parie – jamais le temps de regarder.

Le moment était venu d'annoncer la nouvelle à mon père, qui n'était encore au courant de rien. Je suis allée le voir. Amelia, l'employée de maison, a ouvert. Ma mère était sortie chercher des cadeaux pour Nadina, qui fêterait ses quatorze ans deux jours plus tard, je devais moi aussi lui trouver quelque chose. Amelia a fait un geste pour m'indiquer que mon père était comme d'habitude dans la véranda. J'ai frappé, silence, j'ai entrouvert la porte, personne. Je m'apprêtais à regagner la cuisine, quand j'ai jeté un œil au-delà des vitres, sur la terrasse. Il était là, accoudé à la balustrade, dans une position inconfortable, il regardait vers le haut, sans doute un goéland ou des pigeons. Je lui ai crié : « Papa ! » Il s'est tourné d'un coup, s'est redressé avec une grimace de douleur et a lancé :

« Comme je suis content de te voir, l'autre fois tu avais l'air fatiguée. Viens là, donne-moi un baiser. »

Je l'ai embrassé.

« J'ai une très bonne nouvelle pour toi.

– Je t'écoute.

– On va te remettre un prix.

– Qui donc ?

– Le président de la République. Tu vas être récompensé avec deux autres enseignants pour ce que tu as écrit et fait pour l'école.

– C'était il y a longtemps.

– Heureusement qu'on cultive le souvenir des belles choses.

– Oui, heureusement.

– Qu'est-ce que tu as, ça ne va pas, tu es triste ?

– Je vais très bien. Je te sens juste un peu agitée et ça m'inquiète.

– Je suis agitée parce que je suis contente. Et ce n'est pas tout, le Président a voulu qu'un de tes élèves assiste à la cérémonie pour dire du bien de toi.

– Il a trouvé quelqu'un ?

– Ils se bousculent, papa, et tu le sais. Mais j'ai cherché le meilleur.

– Qui ?

– J'ai pris contact avec ton élève la plus prestigieuse et elle a dit qu'elle viendrait. »

Là s'est produit un fait qui m'a bouleversée. Quelque chose a jailli des yeux célestes de mon père : pas de la stupeur, pas une préoccupation, mais une étincelle d'effroi et de fureur qui a heurté ma poitrine.

« Qui ? » a-t-il répété.

Je n'ai jamais entendu sortir de sa bouche un fragment sonore aussi las et violent à la fois, même quand j'étais adolescente et que ma mère l'obligeait à me gronder. La joie s'est envolée, et j'ai murmuré, les larmes prêtes à ruisseler de mes yeux tels des flots de sang :

« Teresa Quadraro. »

Troisième récit

1.

Je n'aime ni l'écriture de la fille, ni celle du père. Je préfère les phrases qui ne s'efforcent pas de décrire dans un style raffiné les comportements et les états d'âme. Or tous deux ont tendance à le faire et ça me dérange. Emma est convaincue d'avoir de grandes qualités littéraires, comme la majeure partie des gens qui travaillent dans la presse, et elle essaie de le prouver tout d'abord à elle-même, y compris quand elle rédige un mail. Pietro est, comme d'habitude, surprenant. Bien qu'ayant manifesté par le passé une grande passion pour la littérature, il n'a jamais fait allusion à des ambitions d'écrivain. Même ses lettres ont toujours été des énumérations de faits racontés en peu de mots et avec autodérision. Et voilà que maintenant, après presque trente ans de silence, il m'envoie un volumineux fichier dans lequel il tend dès les premières lignes à se transformer en un produit littéraire. On n'arrive jamais à bien vieillir et lui non plus n'y est pas arrivé, malgré son excellente maîtrise de soi. Le texte aurait pu être supportable s'il avait été plus court et, surtout, si l'auteur s'en était tenu au modèle d'écriture frugale qu'il m'a inculquée quand j'étais son élève, et que lui-même a utilisée pendant des années. Mais il n'a pas pu se retenir et, à l'aube de ses quatre-vingts ans, il a pondu le roman de sa vie, avec une grande exigence de vérité, naturellement, même s'il sait depuis toujours, c'est lui qui me l'a enseigné, que raconter signifie mentir, et que mieux on ment, mieux on raconte.

Rien d'impardonnable, en somme, sauf peut-être la longueur. Deux cent trente pages, c'est trop ; j'en ai lu une centaine et ça m'a suffi, d'autant plus qu'il se met ensuite à décrire minutieusement son expérience laborieuse de politicien incorruptible, pour moi le comble de l'ennui. Emma aussi, dans son mail, a du mal à en venir au fait. Elle aime dire et redire qu'elle est l'ambassadrice du bien et de la justice dans un pays où le bien et la justice valent zéro. Elle se présente avec jubilation comme une personne de pouvoir capable d'accéder au président de la République, soit à un homme qu'elle place malgré tout hiérarchiquement bien en dessous de son père. Mais il suffit de lire entre les lignes pour comprendre qu'elle reste une gamine terrorisée par les remontrances des adultes, ce qui la rend sympathique. Pietro, en revanche, n'est pas réductible à un élan de sympathie. En effet, il y a dans son texte des choses clairement antipathiques. Je trouve moche, par exemple, qu'il me dépeigne comme une querelleuse indisciplinée. Si c'était le cas, je ne serais pas là, maintenant, à quelques pas de Washington Square, mais encore dans ma campagne natale. Et sa fille ne m'écrirait pas en déployant de tels trésors de persuasion.

Et ce n'est pas tout. Il me semble enfantin qu'il s'attribue l'invention du « grrr, ouah, hou hou hou », l'idée amusante que l'ensemble des sciences et des arts puissent être ramenés à un grognement de gorille. C'est mon idée, et elle fait partie des rares choses de cette période auxquelles je tiens encore aujourd'hui. En outre, j'ai été troublée par sa façon de raconter notre soirée milanaise. Cette fois, je ne sais pas pour quelle raison, il prétend que la trouvaille du mariage éthique m'appartient. Or c'est lui qui a défini notre lien en ces termes et qui m'a écrit ensuite sans cesse, frénétiquement, pour me tenir au courant de chacun de ses choix. Et faux, je ne lui ai pas répondu souvent. Dans toute ma vie, j'ai dû lui envoyer au maximum une dizaine de lettres.

Inutile, cependant, de lui faire des reproches, nous n'en sommes plus là depuis longtemps, et je ne suis pas du genre à répondre à l'opus d'un autre en me fendant du mien. Si toutefois mon cerveau venait à s'affaiblir à ce point, je n'écrirais que quelques lignes. Je suis née à Rome, dans une jolie ruelle du quartier La Rustica, et je réside aujourd'hui à Manhattan. J'ai mené une vie intense, très heureuse, à travers quatre continents. J'ai connu un succès progressif et constant dans mon travail. J'ai rencontré des personnes très intelligentes avec lesquelles j'ai eu des conversations très intelligentes en nouant des relations très intelligentes. Mais Pietro Vella, mon professeur dans un lycée de banlieue, est le seul homme que j'ai aimé et que je continue d'aimer.

2.

En éliminant tous les bavardages, le cœur de la lettre d'Emma est que l'État italien veut décerner à Pietro une distinction honorifique, mais qu'il est indispensable que je me rende à Rome pour dire du bien de son travail d'enseignant. Je suis une dame proche de la soixantaine déjà en proie à pas mal d'infirmités que je parviens à contrôler, dans cette ville difficile, uniquement grâce à mon aisance matérielle et à de bonnes relations dues à ma notoriété. Tous les matins, je passe sous l'arc de Washington Square, je traverse le parc, je prends mon cappuccino dans une pâtisserie à quelques mètres du monument dédié à Fiorello La Guardia : là, il y a un jeune Albanais qui le fait bien. Deux fois par semaine, je vais jusqu'au marché de Citarella sur la Sixième Avenue pour acheter du poisson, du pain challah et du jus d'orange. L'hiver, j'aime contempler les arbres nus, la fontaine sans eau qui sert de scène à des jongleurs audacieux, l'heure où s'allument les lampadaires. Au printemps, je surveille les branches qui verdissent, je guette les premières fleurs, et parfois je viens feuilleter le *New York Times* sur un banc au soleil, serrée entre de vieilles personnes qui, comme moi, ont les os fragiles et glacés. Encore quelque temps auparavant, je me promenais volontiers dans le parc entre les cortèges de touristes, les étudiants avec leur toge et leur toque violettes, les parents désorientés venus de qui sait quelle Amérique pour la remise des diplômes de leurs enfants. Aujourd'hui, après une fracture du fémur et une longue et coûteuse rééducation, je me promène moins, en général le dimanche après-midi. J'écoute jouer le saxophoniste sous le monument en l'honneur de Garibaldi. Je me dispute souvent avec les jeunes skateurs qui manquent de m'accrocher. Je tourne un peu autour du pianiste qui invite les touristes à s'allonger sous son piano, sur le cadre duquel on peut lire : « *This machine kills fascists* », chose malheureusement déjà illusoire au temps de Woody Guthrie. Seulement quand je me sens vraiment seule, je vais au théâtre avec une amie ou je dîne, dans les rares restaurants où les clients ne hurlent pas, avec de vieux gentlemen qui veillent sur moi comme sur une relique.

Les rituels me rendent la vieillesse plus douce. L'Italie, comme on peut le voir, ne fait pas partie de la liste. Ni Rome, ni la campagne où je suis née. Ces lieux se dessinent entre la veille et le sommeil, à la fois connus et indéfinis. À l'aube, avant d'être vraiment réveillée, j'y évolue avec familiarité, mais je n'arrive pas à les situer dans une géographie réelle. Un lieu, cependant, est toujours rigoureusement déterminé : une de mes salles de cours au lycée, la première à droite, juste après l'escalier. Pietro est entré là un matin, il a posé un sac en tissu plein de livres sur son bureau. Il avait, je crois, vingt-six ans, peut-être moins. À partir de ce moment, j'ai tout fait pour qu'il me remarque et il a tout fait pour m'ignorer. Pendant trois ans, j'ai vécu les après-midi, les nuits, les dimanches, les jours fériés, les vacances d'été comme un bon moyen de me représenter la mort. Je me sentais vivante et le monde reprenait vie uniquement quand il y avait cours et qu'il apparaissait, ponctuel, dans la salle. Il s'asseyait, se levait, s'appuyait contre les murs, allait à la fenêtre, ses doigts effleuraient la craie, le tableau, les bureaux, tandis que sa voix insufflait de la puissance au nom de chaque chose, de chaque personne ou de chaque lieu, à chaque verbe, adverbe, adjectif. Nous, il ne nous touchait pas, jamais un geste de familiarité, une poignée de main complice, un bras autour des épaules. Ou, s'il nous touchait, c'était avec les mots. Pour ma part, je me sentais fouillée si intimement et impudemment que je sortais du lycée exténuée.

Une fois, un de ses élèves d'une autre classe, plus grand, s'emporta ; nous l'entendîmes pester contre lui dans le couloir. Après les cours, je rentrai chez moi en faisant volontairement un bout de chemin avec ce garçon. Il n'arrivait pas à se calmer, surtout parce qu'il était incapable de mettre en mots ce qui l'avait énervé. Il répétait simplement : « C'est de l'oppression, c'est trop », et il entendait par là soit que les cours de Pietro étaient tellement denses qu'à la fin on croulait sous les révisions, soit que notre professeur dégageait une sorte de fluide qui le rendait, en tant qu'enseignant, insupportable. Les deux choses étaient probablement vraies. Avec lui on travaillait beaucoup, trop, et de surcroît sa personnalité poursuivait nos corps quand il nous saluait d'un geste, quittait la salle, nous abandonnait à nous-mêmes. L'oppression, en somme, était réelle et moi – comme tous les autres, comme cet élève –, je m'efforçais de lui échapper tout en désirant être opprimée.

Dès le premier jour de cours, j'ai commencé à l'affronter. De toutes mes forces, car je voulais que, pour me décourager, il donne tout lui aussi. Je l'interrompais, posais des questions, ironisais sur ses réponses. Inutile, Pietro ne bougeait pas d'un cil. Chaque provocation semblait être pour lui une occasion de s'améliorer. Et, de fait, il se surpassait quand je le mettais en difficulté. C'était un spectacle éblouissant de voir et de sentir son corps, son esprit, chercher et trouver le ton juste pour moi. À l'époque, je ne connaissais pas d'autres enseignants travaillant de cette façon, dans le désordre, la destruction, l'affection. J'étais affolée, mais qu'est-ce qu'un bon enseignant doit faire d'autre ? Si je n'ai pas la nostalgie de l'Italie, j'ai assurément la nostalgie des trois années durant lesquelles, dans la banlieue de Rome, Pietro a été mon professeur de lettres. Ainsi, portée par ce sentiment, j'ai tout de suite répondu à Emma : « C'est d'accord, je vais faire ce fastidieux voyage, je le fais pour ton père. » Et à peine avais-je envoyé le mail que m'est revenu en tête un autre lieu : la longue route qui de chez moi menait au lycée et que je parcourais à pied tous les matins, entre les maisons basses et les champs envahis de baraques, les hangars gris, les tas de ferraille luisant dans les hautes herbes.

Je me suis vue sur cette route. Au mois de novembre, il fait froid et il pleut. Une voiture ralentit, la vitre s'abaisse, je reconnais mon nouveau professeur et déjà je tremble. Il dit seulement : « Monte. » Je le regarde et j'ai peur. Je réponds presque avec rage : « Non. » Un battement de ses longs cils sombres, il semble effrayé par la peur qu'il lit sur mon visage. Il repart sans un mot et je fixe la citadine qui s'éloigne. L'espace d'un instant, quelque chose s'est brisé en moi et hors de moi.

3.

Emma m'a écrit un autre long mail. Elle dit avec pléthore de détails que la machine logistique est désormais en marche, et que tous mes désirs seront exaucés. Puis elle avance à tâtons, avec des phrases étudiées. Son père est ravi que j'aie accepté, il lui a amplement expliqué combien j'étais une élève brillante. En revanche, il ne lui a pas révélé que nous avions eu une relation. C'est sa mère qui lui en a parlé, pas plus tard qu'hier, en quelques mots, qu'elle me transcrit avec ironie. Nadia lui a dit : « Oui, elle a été un peu plus que sa meilleure élève, elle n'était pas douée qu'en classe. » À partir de là, elle se lance dans un récit très coloré de ses rapports tumultueux avec les hommes. Le but est de relier ses histoires malheureuses à la mienne avec son père. « Je n'ai pas de chance, écrit-elle, je ne suis restée amie avec aucun de mes maris et aucun de mes amants, la rancœur a eu le dessus. » Elle espère que de mon côté je garde au contraire un bon souvenir de Pietro, et elle se met à l'encenser sans retenue sur une vingtaine de lignes ; en tant que professeur, en tant qu'intellectuel, en tant qu'homme, comme si elle voulait rédiger mon discours pour la cérémonie. Enfin, elle prend congé en assurant qu'elle est impatiente de me rencontrer.

Ce mail m'a agacée. Au début, mon idée était que le feuilleton du père et l'invitation de la fille faisaient partie d'une seule et même stratégie orchestrée par Pietro pour conclure en beauté notre histoire. Maintenant, je sais que c'est Emma qui a manigancé tout ça sans consulter préalablement ses parents. Il suffit de lire entre les lignes pour comprendre que ma réapparition n'enchante pas Nadia et que Pietro, comme d'habitude, s'inquiète de la manière dont je vais me comporter. Mais alors qui m'oblige à aller à Rome ?

Je suis sortie faire un tour pour me calmer, malgré ce mois de mai hostile aux vieilles personnes : un jour il fait chaud, un jour on se gèle. Ce soir, l'air est tiède. Il y a encore de la lumière, mais les lampadaires brillent déjà. Je me suis arrêtée pour bavarder avec les dealers qui traînent près des tables d'échecs. J'ai flâné dans les allées en humant le parfum des fleurs et du haschich. J'ai rejoint la fontaine et ses grands jets blancs qui arrosent les enfants enthousiastes, tandis que les jeunes filles se font photographier dans des poses séduisantes entre les éclaboussures et les notes d'un groupe de jazz. J'ai rendu visite à l'homme qui mange, boit, peint des toiles à la Pollock et dort sur une plaque métallique chaude à côté d'une des entrées de l'université. Mais je ne me suis pas sentie mieux.

Presque cinquante années ont passé et je m'apprête à aller à Rome pour voir Pietro tout comme quand, après mon baccalauréat, je suis allée l'attendre devant le lycée avec l'intention de lui dire textuellement : « Je t'ai aimé pendant trois ans et maintenant je veux que tu m'aimes en retour. » Je lui ai dit exactement ça, en le tutoyant, alors que nous nous vouvoyions une minute avant. Et ce n'est pas tout : je l'ai embrassé sur la bouche, un instant, un heurt, il a levé la main gauche comme pour se protéger.

Nous étions dans un bar à quelques pas du lycée, nous avions pris je ne sais quoi, nous avions discuté de mes études. Pietro a payé, nous nous sommes dirigés vers la sortie, je lui ai dit ces mots et lui ai donné ce baiser. Qui sait ce que j'attendais, il y a cinquante ans. Il était la manifestation d'une promesse démesurée. Seulement, le jeune homme qui nous séduisait tous avec ses connaissances infinies, avec la force dont il chargeait chaque mot, mettait entre nous et lui une distance courtoise infranchissable, que chacun de nous toutefois aurait voulu franchir. À présent je l'avais franchie, cette distance, et je prétendais qu'il me donne non pas ce que j'avais déjà reçu en cours, mais ce que personne, sinon moi maintenant, ne pouvait recevoir. Il l'a sans doute compris un instant avant que je lui déclare mon amour, un instant avant que je l'embrasse. Je voulais plus, bien plus, et pas de sexe, mais le modèle supracéleste auquel semblait à mes yeux renvoyer la personne qui apparaissait chaque jour en classe. Or soit ce modèle n'existait pas, soit Pietro me l'a caché dès le début pour aller éblouir d'autres filles comme si je ne lui suffisais pas.

Je n'ai plus jamais de ma vie rencontré un homme aussi docilement soumis aux ardeurs féminines. C'était une époque où témoigner au monde sa liberté coïncidait avec une disponibilité sexuelle affichée. Il m'a trompée, je l'ai trompé encore plus, sous ses yeux. Nous nous sommes humiliés réciproquement, nous nous sommes exaltés réciproquement. Durant nos trois années ensemble, toutefois, les nombreuses joies ont toujours été moins joyeuses que celles que j'attendais, et les très nombreuses douleurs ont été ignorées ou glissées à la hâte dans le catalogue des bassesses petites-bourgeoises. Je ne sais combien de fois nous nous sommes quittés avec dégoût et repris avec une férocité avide. Jusqu'à ce que je lui propose cette expérience : nous dévoiler le plus noir de nous-mêmes, pire, bien pire que tout ce que nous nous étions déjà dévoilé. Naturellement, quand je lui ai fait cette proposition, je savais que je partirais, je n'en pouvais plus. On fait tellement de bêtises, jeune. De la jeunesse il ne devrait rester aucune trace, même dans nos mémoires. Pietro, cependant, a voulu en laisser des traces, il m'a tellement écrit. Dans son opuscule, il tend à cacher qu'à un certain point, en particulier avec l'avènement du courrier électronique, il s'est mis à utiliser l'écriture comme une camisole de force. Je n'ai jamais connu un homme aussi plein de vie et aussi effrayé par son envoûtante plénitude. Il excédait, débordait et m'utilisait pour se retenir. Il assurait que tous les deux, ensemble mais à distance, nous pouvions trouver l'harmonie. Mais ce n'était pas une solide conviction, il n'en a jamais eu. Une fois, en parlant de son travail, il m'a écrit, désolé : « On a beau étudier et accumuler les diplômes, être Hyde est facile, devenir Jekyll non. »

4.

Finalement, me voilà à Rome. Si à New York alternaient le chaud et le froid, ici il fait seulement froid. En revanche, la saleté est la même, et je ne me sens pas en sécurité dans cette ville non plus, je crains de trébucher à chaque pas, d'être poussée contre un arbre ou en dehors du trottoir, de finir à l'hôpital avec les os brisés. Je me suis débarrassée d'Emma il y a quelques minutes. Pas de chance, elle ne ressemble pas à son père, mais à sa mère. Cette femme n'a rien de Pietro, à part l'éducation qu'il lui a donnée. J'ai pensé, tandis que nous parlions : Dans un sens, nous sommes toutes les deux ses élèves ; si nous nous étudiions avec attention, qui sait combien de fragments de savoir, combien d'expressions nous nous découvririons en commun.

Il y a néanmoins une différence évidente : Emma en fait toujours un peu trop. Elle est fixée sur ce que je vais dire demain. J'ai longtemps évité de lui avouer que je n'en sais rien, mais quand elle est arrivée en me demandant si je pouvais lui donner une copie de mon discours, avec l'excuse de vouloir le publier dans le journal pour lequel elle travaille, je lui ai répondu que je n'avais non seulement pas de discours, mais pas de plan non plus. J'improviserais le moment venu.

Elle l'a très mal pris, je crois qu'elle s'est difficilement retenue de me faire une des scènes dont elle doit avoir l'habitude. Dans sa déception, elle a failli me livrer la vérité : « Mon père est très agité, ça le tranquilliserait de savoir ce que vous allez dire. » Son père, son père, elle n'arrête pas d'en parler. Se peut-il que tous aient aimé cet homme outre mesure, y compris ses enfants, quand on sait que les enfants cultivent toujours un peu de haine – de répugnance, dirais-je – à l'égard de leurs parents ? Je lui ai répondu : « Après tant d'années, ton père devrait me faire confiance. » C'était exactement ce qu'elle voulait entendre. Elle s'est illuminée, semblant presque émue, et s'est exclamée : « Si je l'appelle sur son portable, vous pouvez le lui dire ? » J'ai refusé : « Nous parlerons demain. »

Je me suis mise au lit, j'ai repensé à ces confidences d'il y a plusieurs années. À la fin de la journée, je lui dirai : « Expérience réussie, la vie est finie, nous sommes sauvés. » Et j'ajouterai pour le chambrer :

« Ce n'est pas la pédagogie de l'affection qui nous rend meilleurs, mais la pédagogie de la peur. »

J'ai ressassé cette dernière phrase. Nous avons craint que nos mauvaises actions ne nous poursuivent et ne nous tyrannisent indéfiniment. Pourtant, je peine aujourd'hui à me rappeler les faits que je lui racontai, et je constate avec surprise que de sa confidence je ne me souviens guère plus. C'étaient sûrement des choses horribles, mais pas au point d'être inoubliables, j'en ai vu et entendu bien d'autres par la suite. D'ailleurs cela pourrait être agréable demain, après la cérémonie, de nous retrouver quelque part et de nous raconter combien nous nous sentions vils alors.

Sur le moment l'idée m'a plu, puis me sont revenues à l'esprit certaines images très rares de Pietro, de brefs éclairs de mémoire que, durant ces années, j'ai toujours refoulés. Ce n'étaient pas des images de nos disputes, même si dans certains cas elles avaient atteint un haut degré de violence. C'étaient des instants qui semblaient beaux, lui avec le visage absorbé, la bouche entrouverte, les yeux fixant un point invisible tandis qu'il arrangeait ses cheveux en y passant les doigts. Jusqu'à ce que je m'aperçoive que quelque chose de vraiment repoussant le traversait tout entier, comme un spasme insupportable du système nerveux. Je détournais aussitôt le regard, horrifiée ; lui non, il continuait à s'observer encore un peu comme s'il avait son double sous les yeux. Parfois je lui demandais : « Pietro, qu'est-ce qu'il y a ? » Il me donnait des explications mêlant sincérité et autodérision. « C'est le malaise des origines, disait-il, je suis l'aîné d'une fratrie de six dans une famille pauvre, mon père était ouvrier électricien, ma mère femme au foyer ; c'est le malaise du manque de capacités, de l'école primaire à l'université je ne me suis jamais senti à la hauteur ; c'est le malaise de la dégradation des fonctions, je suis conscient d'enseigner sans profondeur, je compte parmi ceux qui abaissent massivement la qualité du travail intellectuel ; c'est le malaise du corps bien fait, des traits harmonieux : la beauté procure un avantage coupable, c'est la plus injuste des facilités ; c'est le malaise de la violence qui a appris à se cacher derrière les mots. »

Il inventait mille raisons sociologiques ou éthiques à sa souffrance. Mais parfois il semblait pris au piège, il n'arrivait pas à s'extraire de ces instants horribles et ne m'entendait plus. Il restait à s'observer, à se faire mal avec le mal qui le traversait, et même si je l'appelais, je ne parvenais pas à le distraire.

Je l'aimais éperdument, j'aurais voulu le délivrer, mais il ne pouvait être racheté. Dans ces moments, les plis cruels de son front, le retroussement féroce de sa lèvre supérieure, comme un tic, la déformation de son visage me terrorisaient, je devais fuir. Non, je ne sais vraiment pas ce que je dirai demain. Pietro a été et est un homme très dangereux.

5.

Les choses ne se passent pas comme prévu. Emma est arrivée ponctuelle, Nadia également. Je ne l'avais vue qu'une fois, de loin, quand j'étais encore jalouse. Je l'avais trouvée très belle, j'en avais souffert. Je note à présent, avec une certaine satisfaction, qu'elle s'est épaissie, qu'elle a mal vieilli, même si elle est sans doute moins handicapée que moi. J'ai fait semblant de ne pas voir qu'elle était mécontente et gênée. Normal : je suis la reine de la fête, le Président m'a traitée comme un monument au pied duquel il convient de déposer une couronne de laurier, j'ai influencé la vie de nombreuses personnes et notamment de son mari ; elle est une professeure du secondaire à la retraite, elle a vécu âprement enfermée dans son avilissement et, enfin, elle a échoué à gouverner l'homme aimé.

« Pietro, a-t-elle bredouillé, m'a chassée pour pouvoir répéter son discours de remerciement.

– C'est la vieillesse, ai-je répliqué, je n'ai jamais vu Pietro en difficulté avec les mots. »

Mère et surtout fille n'ont pas apprécié cet élan de familiarité, et je n'ai pas apprécié ma réaction non plus. Nous finissons toujours par laisser échapper un peu du pire qui couve en nous.

Une heure s'est écoulée, et pas de Pietro. Les deux femmes, à tour de rôle et à intervalles rapprochés, ont commencé à lui téléphoner, mais il n'a pas répondu. Nadia a lancé : « J'espère qu'il n'a pas décidé au dernier moment de ne pas venir, il déteste ce gouvernement, il regarde les hommes politiques à la télévision en disant : “J'ai peut-être été le professeur de cette canaille.” » J'ai ricané : « S'il répond, je veux bien lui parler. » Une lueur de rage dans les yeux, semblant s'adresser à elle-même, elle a murmuré : « Je rentre à la maison et je le traîne ici de force », puis elle s'est dirigée vers la sortie, talonnée par quelques personnes qui lui demandaient : « Le professeur est arrivé ? » Avant de suivre sa mère, Emma m'a glissé, très pâle : « Vous auriez pu régler vos problèmes avant, papa et vous. » J'ai eu à nouveau envie de rire – dans certaines occasions je ne peux pas m'en empêcher, c'est un rire d'impatience qui s'insinue entre les phrases même quand il n'y a rien de drôle –, je lui ai répondu : « Nous avons réglé tout ce qu'il y avait à régler bien avant que tu sois née. »

Et me voilà, assise au premier rang, à côté du Président courroucé. Il est évident que Pietro ne viendra pas et que je ne le verrai plus. Dommage, je savais enfin quoi dire, et dans cette salle aux couleurs malades, en présence de mon vieux professeur, j'aurais parlé volontiers. J'ai été et je suis beaucoup plus dangereuse que lui.

TABLE

Cet ouvrage a été imprimé en France par
CPI Bussière
Z.I. rue Pelletier Doisy
18200 Saint-Amand-Montrond (France)

pour le compte des Éditions Fayard
en février 2023

Photocomposition Belle Page

PAPIER À BASE DE FIBRES CERTIFIÉES

Fayard s'engage pour l'environnement en réduisant l'empreinte carbone de ses livres. Celle de cet exemplaire est de :
500 g éq. CO_2
Rendez-vous sur www.fayard-durable.fr

N° d'édition : 73-5811-6/01 - N° d'impression : 2070054